KB037933

장애를 딛고 일어나
비장애인이 되기까지 한 걸음의 기적

# 그리고 다시 걷다

**초판 1쇄 발행** 2021년 4월 8일

**지은이** 이준
**펴낸곳** 크레파스북
**펴낸이** 장미옥
**기획편집** 황한나 · 노선아
**디자인** 김지우

**출판등록** 2017년 8월 23일 제2017-000292호
**주소** 서울시 마포구 성지길 25-11 오구빌딩 3층
**전화** 02-701-0633
**팩스** 02-717-2285
**이메일** crepas_book@naver.com
**인스타그램** www.instagram.com/crepas_book
**페이스북** www.facebook.com/crepasbook
**네이버포스트** post.naver.com/crepas_book

ISBN 979-11-89586-31-7 (03810)
정가 14,000원

이 도서의 국립중앙도서관 출판예정도서목록은
서지정보유통지원시스템 홈페이지(http://seoji.nl.go.kr)와 국가자료
종합목록 구축시스템(https://nl.go.kr/kolisnet)에서 이용하실 수 있습니다.

# 그리고 다시 걷다

글 이준

크레파스북

*Thanks To*

세상에서 가장 사랑하는 아들 지욱이에게
이 글을 전해주고 싶습니다.
이 책이 아파하는 모든 분께
용기와 희망을 줄 수 있기를 희망합니다.

## 피할 수 없는 시련과 싸우는
## 당신을 위해

처음엔 손가락 재활치료가 목적이었다. 뇌출혈로 인한 편마비, 지속되는 사지의 통증, 뇌병변 장애 6급 판정……. 무엇보다 굳은 손가락이 문제였다. 평생을 책상에 앉아 안전과 재난을 연구해온 나에게 이 열 손가락은 지난날 내 열정과 땀과 성취였다. 주먹조차 제대로 쥐지 못할 정도로 굳어버린 손가락을 어떻게 해서든 풀어줘야 했다. 그래서 자판을 치기 시작했다.

목적 없이 반복되는 타이핑. 회복을 위해 필요한 치료작업이었지만 그러고만 있자니 보내는 시간이 너무나 아까웠다. 그래서 내 이야기를 쓰기 시작했다. 어차피 흘려보낼 시간이라면 반복적인 타자연습보다 내 지난 삶을 되돌아보고, 누군가에게 도움이 될 수 있는 정보를 주면 좋을 것 같았다.

마음처럼 움직여지지 않는 손가락 때문에 남들보다 훨씬 많은 시간이 걸렸다. 처음으로 걸음마를 시작하는 아기가 그러하듯 한 걸음 한 걸음 그렇게 한 글자씩 적어갔다. 지극히 개인적인 내 생각과 삶의 방식, 사생활을 세상 밖으로 꺼내는 게 쉽지는 않았다. 그러나 내가 겪은 많은 일과 큰 사고들, 모진 풍파와 맞서 싸워온 나를 꽁꽁 감추고 싶지 않았다.

나는 재난과 안전 분야를 전공한 전문가다. 내게 닥친 시련을 극복하는데 그 부분이 조금이나마 도움이 됐다.

시련은 작든 크든 누구에게나 온다. 나는 이 시련의 극복이라는 주제에 대해 "아프니까 청춘이다" 또는 "아픈 만큼 성숙한다"라는 종류의 말을 전하고 싶은 게 아니다.

그런 메시지보다는 "준비된 이에게 기회가 온다", "아는 만큼 보인다"는 마음을 담아 그 모든 과정을 전하고 싶었다. 또, 한 번쯤 읽어두면 생활 안전에 도움이 될 수 있는 유용한 이야기도 담기 위해 노력했다.

보고서나 논문같이 딱딱한 글이야 그동안 많이 써 왔지만 내 가족과 친구들에게 전하는 글은 써본 적 없었기에 평소 대화할 때 으레 그런 것처럼 때로는 산만하게 때로는 엉뚱하게 이야기가 흘러가도록 내버려 뒀다. 비록 개인적인 이야기이지만, 피할 수 없는 시련과 싸우는 분들을 위해 가감하지 않고 선뜻 말하기 힘든 두려움마저 그대로 담고자 했다.

다만, 양해를 구하고 싶은 부분이 있다. 등장인물의 실명을 그대로 사용한 것이다. 여기 나온 모든 분은 내게 정말 고마운 분들이기에 굳이 가명을 사용해 그들의 아름다운 마음과 매력을 가리고 싶지 않았다. 심심한 이해를 구한다.

내가 이 자리에 설 수 있도록 도와주신 분들, 나를 성장하게 해주고 도움을 준 모든 분께 감사드린다. 특히, 정성을 다하여 돌봐주신 치료 선생님들께 감사의 마음을 전하고 싶다.

내가 살아온 이야기는 아들 지욱이에게 꼭 전해주고 싶다. 또, 아직 깨어나지 못한 내 병상 동료 재윤이에게 이 맘을 꼭 전하고 싶다.

## 구름 위를
## 걷는 것처럼


어렴풋한 소리가 들렸다. 그 소린 사라졌다가 갑자기 쿵쾅대며 크게 귓가를 울린다. 그러다 누가 식탁에서 포크를 떨어뜨린 듯 쨍하는 소리가 나기도 한다. 멍하니 시간이 흘러가고 있었고, 잠들어 있다는 것을 느낀 것도 잠깐, 나는 또 기억을 잃고 말았다.

'나는 생각한다. 그러므로 존재한다'라는 연역법적 추리의 첫마디가 떠오르다가 또, 어느 순간 아무런 느낌도 없이 아무 생각을 안 하고 있다는 걸 깨닫는다. 그러다 보면 그게 또 아닌 것 같기도 하고…….

다시 의식을 잃었다. 시간도 공간도 생각도 느낌도 없던 시간이 얼마나 지나갔는지 모르겠다. 내가 잠을 자고 있다는 확신이 또렷해지면서, 내가 깨어나고 있다는 것을 느낄 수 있었다.

선명하게 들리는 호흡기 바람 빠지는 소리, 맥박을 체크하는 알람 소리가 정확하게 들려오면서 내가 병원에 실려 왔던 게 생각났다. 이렇게 편한 병원이 있나 싶었다. 허리가 아프거나 배기지도 않았고, 정신을 차리기 힘들 정도로 졸린 것 말고는 이렇게 편할 수가 없었다.

가끔 사람들의 목소리가 들려왔다. 분명히 들리는데, 기억되기는커녕 알아듣지도 못하는 이상한 현상이 계속됐다. 구름을 걷는 것은 아니지만 꼭 구름 속에 폭 싸여서 자는 것 같은 포근함이 좋았다.

서서히 눈이 떠졌다. 이렇게나 잠이 오는데, 굳이 일어나야 할까 싶을 정도로 힘든 싸움이었다. 하지만 그 너머 오른손에 전해오는 부드러운 묵직함. 내 손을 꼭 잡고 절대 놔주지 않을 것 같은 절실함이 손바닥으로 전해오고 있었다. 이 절실함은 한참 뒤에도 사라지지 않았고, 정신이 또렷해져 오고 있는 와중에도 온몸으로 전해졌다.

겨우 실눈을 떴을 땐 초췌한 모습으로 한없이 눈물만 흘리시며 몇 년은 늙어버린 어머니가 눈앞에 있었다. 아직 졸린 눈이 초점을 정확히 잡지 못했지만 분명 어머니의 모습과 손길이고, 어머니의 향기로 가득했다. 그제야 어머니라는 확신이 섰다.

"최 선생님……."

어머니라고 부르는 것이 왠지 부끄러워서 나는 "최 선생님"이라고 어머니를 불렀다. 목소리가 나오지 않아 마음으로 어머니를 불렀는데도 어떻게 알아채셨는지 "준아!"라고 소릴 지르시며 깜짝 놀라 눈물을 펑펑 쏟으셨다.

응급실에 왔다뿐이지 특별한 무언가는 없었던 것 같은데 많이 놀라게 한 것 같아 너무나 미안하고, 죄송한 마음이 들었다. 하지만 쏟아지는 졸음에 다시 잠을 청할 수밖에 없었다.

"조금 더 잘게요."
다시 한 번 마음으로 되뇌었다.

CONTENTS

첫 번째 움직임,

# 기억 속을
# 걷다

당신이

걸어온

길

,

...

　서울에 살았다. 그러나 내가 살았던 서울은 서울 안의 시골이라 볼 수 있을 정도로 매우 한적했다. 동네 이름이나 정확한 장소는 너무 어렸기에 기억나지 않지만 짤막한 사건들, 냄새, 기분 등은 흐릿하게나마 떠오른다.

　그 와중에도 부모님에 대한 기억만큼은 언제나 생생하다. 그 시절 우리는 모두 가난했기에. 아버지는 고작 18세의 나이로 가진 것 없이 열정 하나만 가지고 서울로 상경하셨고, 어느 목공소에 들어가 칠기 기술을 익히기 시작하셨다. 나전칠기라는 산업이 한창 인기를 끌던 때였다고 한다. 아버지의 온몸엔 언제나 칠이 묻어있었다. 아버지가 붉게 물든 손을 내밀때면 움찔 피했던 기억이 난다. 검붉게 물든 손과 손톱이 어린 내가 보기에 무서웠나 보다.

　아버지는 수년간 성실하게 노력한 덕분에 작은 목공

소를 인수할 수 있었고, 그곳에 작은 공방을 운영하셨다. 아버지는 지금까지도 그 공방에서 일하고 계신다. 옻칠이라는 일이 경제적으로 여유를 주지는 않는다. 그렇지만 아버지는 정년 없이 언제까지나 이 일을 할 것이라며 오늘도 그 힘든 일을 하고 있다. 누구보다 일을 참 좋아하며 즐기고 사시지만, 난 아들로서 내심 죄송한 마음이 있다. 우리나라 전통공예 마지막 명인인 아버지의 가업을 아들인 내가 이어받지 못했으니까.

작년 봄, 아버지가 운영하시는 영보공예 50주년으로 나름 지인들을 모아놓고 조촐한 행사를 준비한다고 하셨다. 뜻깊은 자리를 마련하신 아버지가 혹시라도 병이 난 아들 때문에 맘이 무거울까 염려됐었다.

아버지는 오로지 한길만 걷고 있으시다. 올해 장마철에도 예외 없이 칠이 잘 마르지 않아 걱정하고, 칠이 곱게 되질 않아서 걱정이다. 추운 겨울에는 칠이 얼지 않아야 한다고 당신은 손발이 꽁꽁 얼어도 칠방에는 보일러를 돌린다. 아버지의 직업적 사명 의식은 정말 투철하다.

큰돈이 안 되는 전통공예를 하는 사람을 요새는 정말 찾아보기 힘들다. 경력 40년 이상 되는 오랜 친구이자 동료인 직원 한두 분이 기껏해야 다인데, 이제는 그분들도 늘어서 몸이 하나, 둘 고장나니 다들 그만둬야겠다고 말한다.

그럴 때면 아버지는 김치와 막걸리 한 병을 가지고 지친 맘과 몸을 달래러 간다.

'우리가 마지막인데 조금 더 해야 하지 않겠어? 올해만 또 넘겨보자고…….'

내년에는 꼭 결혼하겠다는 노총각의 약속처럼 아버지는 또 내일 보자는 약속을 받아오고야 만다.

아버지의 공방은 출근 시간, 퇴근 시간이랄 게 없다. 몸만 허락된다면 언제든 일을 해도 되니 최근 유행하는 집약근무, 시차근무가 저절로 되는 곳이다.

내가 보기엔 참 대책 없는 그 공방을 생각하면 만감이 교차한다. 이 힘든 일을 그렇게 오래하고 있으니 그 덕에 내가 여태껏 먹고 자고 공부하는 것이니 감사하고 고맙지만, 딱히 아버지를 어떻게 도와드려야 할지 모르겠으니 말이다. '이제는 쉬세요'라는 말씀을 감히 드릴 수가 없다. 그저 존경과 사랑의 마음으로 지켜볼 따름이다.


아버지는 수십 년 세월을 이 일에 바치셨다. 그러나

세월이 흐를수록 찾아오는 변화 때문에 종종 '점점 더 힘들어진다'라고도 말씀하신다. 몸 상태도 경제적 여건도 여간 나아질 기색이 없다. 현대식 시장구조는 중간 유통하는 쪽만 배 불리고 정작 만드는 사람에게 돌아가는 마진은 가장 적다. 산속에 묻혀 작품 활동만 하는 장인에겐 경제적으로 큰 도움이 못 되는 것이다.

이런 상황에서도 아버지는 여전히 장인은 장삿속을 가지면 안 된다고 고집을 피우며 '장인은 물건을 만들고, 상인은 물건을 파는 것이 도리'라고 믿고 있다.

게다가 중국에서 생산한 공산품을 한국 전통공예품이라 둔갑시켜 판매하기도 하고, 품질이 떨어지는 이미테이션 상품이 판을 치는 게 현실이다. 씁쓸하다. 모양은 비슷해도 그 재료와 칠하는 방법 그리고 생산과정이 분명 다른데도 말이다. 이런 시장구조의 근본적인 문제는 우리나라 사람이 우리 것, 우리의 문화유산과 전통에 대한 가치를 모르기 때문이라 생각한다. 이미 많은 이들이 장인의 수고와 솜씨가 가득 들어간 아름다운 전통제품을 구입할 때 최신 전자제품 살 때만큼의 돈을 쓸 생각이 없다. 당연하게만 받아들일 수 없는, 이젠 너무 널리 퍼져버린 생각과 태도를 장인의 아들인 나는 어쩔 수 없이 지켜보고만 있다.

그래도 아버지는 오롯하시다. 대한민국의 장인으로서 온 힘을 다해 하루하루 또 보내고 있다. 그런 아버지의 뒷모습이 짠해 보이는 것은 나도 한 아이의 아빠가 되었기 때문이다. 그간의 고생을 이제야 어느 정도 알 것 같아서 가슴이 먹먹해 온다. 아들을 누구보다 사랑했지만 원하는 만큼 맘껏 놀아줄 수 없었던 아버지. 누구보다 성실하게 일하며 식구들을 먹여 살리느라 고생했던 당신께서 걸어온 그 길이 존경스럽다.

어릴 적 나는 집 근처에 덩그러니 있었던 배밭에서 외로움과 친구를 맺고 혼자 놀고는 했다. 가정 형편이 넉넉하지 못해 부모님 두 분 다 어린 나를 돌볼 여력이 부족했다. 게다가 아버지의 일 특성상 먼지가 날린다거나 냄새가 난다거나 하는 이유로 쫓겨나기 십상이었다. 부모님은 늘 세입자로 사느라 전전긍긍하셨다. 이사 비용이나 받으면 다행이었고, 늘 집주인의 뜻에 따라 대책 없이 쫓겨나기도 했다. 게다가 용역 깡패란 사람들, 난 어린 시절부터 그들을 원하든 원치않든 볼 수밖에 없는 처지였다.

그런 힘든 시기에도 아버지는 아들을 사랑하고 다른

생명을 사랑하셨다. 공방 일로 바쁘고 힘든 와중에도 큰 돈 들여 새장을 만들고, 강아지 집도 손수 지었다. 믿기지 않겠지만 공방 마당에는 닭, 오리, 금계, 은계, 칠면조 심지어 공작새도 있다. 공작새를 개인이 키우는 경우는 아직 들어본 적 없으니, 이 정도면 아버지는 동물원 원장이라는 두 번째 직업을 갖고 있다 할 수 있겠다.

공방 한구석에는 새 전용 인큐베이터가 있어 알들을 모아서 부화시킨다. 공방 앞 연못에는 이름 모를 물고기들이 가득하다. 주변 분들이 낚시라도 다녀오면 물고기를 그곳에 키우라고 넣어 주신다. 강아지는 말할 것 없고 길고양이, 토끼까지 가득한 아버지의 공방에서 나는 생명에 대한 아버지의 남다른 관심과 열정을 느낀다. 아버지는 작고 여린 그 생명을 돌보면서 삶의 이치와 의미를 되돌아보는 듯하다.

어쨌든 전통공예 명인은 물론 동물원 원장으로까지 살아가시니 비가 오나 눈이 오나 춥거나 덥거나 그 걱정거리가 남들의 곱절, 세 곱절은 될 것 같다.


헛된 꿈을 꾸기 보다는 성실하게 노력하는 걸 최고 미덕으로 믿고 살아오신 아버지. 그래서 아버지가 정하신 우리 집 가훈은 "꿈이 있으면 땀을 흘려라"였다.

아버지가 보여준 삶의 모습이 그래서인지 혹은 아버지가 나를 그렇게 키워서인지 내가 노력하지 않고 얻은 것은 내 것이 아닌 것 같다. 그래서 노력하느라 늘 바쁘고 힘들다. 마치 경험치를 쌓기 위해 세상을 돌아다니며 악당과 싸우는 롤플레잉 게임 같다고 할까? 비록 힘들어도 내가 직접 이룩한 게 더 기쁘다. 그러나 쉴 틈을 주지 않으면 과로하기 쉽고 무리하기 쉽다. 결국은 건강을 망치기도 했고 말이다.

노력은 값지지만, 균형 있는 삶을 살아야 한다.

후회해도 다시 한번

,

...

    어린 시절의 난 밖에 나가서 혼자 놀거나 TV를 보는 것이 좋았지 진득하게 앉아서 공부하는 것은 질색이었다. 왜 재미없게 그렇게 앉아있어야 하는지 도무지 이해할 수 없었다. 아버지는 새벽부터 늦은 밤까지 작품 활동을 하셨고, 어머니는 3교대 업무로 집에서는 주무시거나 부재중이셔서 내 맘대로 생활하더라도 알아채지 못하셨다. 그저 부모님 말씀에 '네~'라고만 하면 아무 문제없었다.

    그러다 보니 글을 배우지 못했다. 책상에 앉기 무섭게 밖으로 뛰어나갔으니 말이다. 어리석은 백성을 위해 배우기 쉬운 글을 남겨주신 세종대왕님이 보셨다면 통탄해하셨을 것이다.

    지금 와서 보니 그럴 만했다. '기역(ㄱ)'을 쓰면서 '기역'이라고 읽는다는 것을 배워야 하는데, 부모님은 항상 바쁘셔서 "기역부터 히읗까지" 쫙 읽어주기만 하고 나가시니 온종일 혼자 있는 내가 그 말들을 기억할 수 있었겠느냐 말이다. 당연히 '기역' 쓰다가 '니은'부터는 까먹고, 흥미를 잃은 나는 혼자 상상 속 이상한 나라로 여행을 떠나곤 했다.

안타깝게도 나는 초등학교 4~5학년 때까지 글을 읽지 못했다. 한글을 모르고 초등학교에 갔더니, 다 배우고 알고 있는 아이들과 진도를 맞출 수 없었다. 그래서 시험을 볼 때면 정말 오금이 저렸다. 종이는 하얗고 글씨는 검은데 한 시간 동안 나가지도, 이야기도 못 하는 시험 시간이면 정말 아무 할 일 없이 시간을 죽여야 했다. 나중에는 괄호 안에 1, 2, 3, 4 중에서 숫자 하나를 골라서 그냥 써넣었다. "다음 괄호( ) 안에 알맞은 숫자를 넣으시오"라는 질문에 나온 괄호에도 숫자를 써넣었다. 당연히 시험성적은 좋을 수 없었다.

점점 아이들과의 격차는 커지기만 했다. 지금 초등학교 친구들을 만나면 내가 글을 잘 못 읽었던 것을 기억하는 친구도 있으니 그 당시 나는 얼마나 스트레스를 받았겠는가? 글자를 모르면서 친구도 만나고 학교생활도 해야 했으니 말이다. 알림장 하나 제대로 쓰질 못하니 학교 가기 싫다고 한참 동안 부모님 속을 썩였다.

그랬던 아이가 커서 지금은 이렇게 책도 쓰고 그동안 쓴 논문만 50편이 넘으며 영어, 일본어도 할 줄 알게 되었으니 정말 사람 일 모른다.

대신 나는 자연과 친했다. 그래서 어릴 적부터 내 꿈은 천문학자가 되는 것이었다. 뭔가 저 하늘 깊은 곳을 볼 수 있다면 내가 이해하지 못했지만, 분명히 느꼈던 그리움의 이유를 알게 되고, 앞으로 다시는 외로워지지 않을 것 같다는 환상이 있었다. 그래서 나는 머리가 조금 굵어진 이후로는 천문학자가 되기 위해 나름 열심히 공부하기 시작했다. 학급 반장을 도맡아 하기도 하였고, 책도 이때부터 많이 읽었다.


나는 수능 1세대다. 내가 느끼기엔 선배들보다 대학 진학 과정이 너무 복잡해져서 고민이었다. 그 시절엔 수시입학도 없었고, 수능점수와 눈치싸움으로 경쟁률이 낮은 곳에 원서를 넣어야 했다. 그래서 담임선생님의 정보력에 많이 의지해야 했다.

나야 항상 별을 보고 별 사진 찍는 것을 유독 좋아하

였으니 모두가 일찌감치 천문학과에 갈 것으로 생각했다. 당장에 나만 해도 그랬다. 그런데 수능을 거하게 망쳐버리자 어느 학교에 원서를 넣어야 할지 모르는 상황이 되었다.

그래도 선생님은 학급 반장까지 하는 나를 외면하시진 못하고, 적당한 천문학과는 없으니 원서 마감 당일까지 고민하셨던 모양이다. 그리고 그 덕분에 내 운명이 바뀌었다.

그날이 그랬다. 오후 3시, 마감 2시간을 남기고 선생님께서 나를 부르셨다.

"찾았다. 딱 너를 위한 학과가 올해 생겼어."

"네? 어떤 학과에요?"

담임선생님께서 안도의 한숨을 쉬시며 대답하셨다.

"지구환경시스템공학부"

라고.

이 얼마나 희소식이었겠는가? 마침 그해 처음 생긴 학과라 경쟁률도 낮아서 내 수능성적으로도 충분히 가능할 것이라고 하셨다. 딱히 즐겁지만은 않았던 고교 생활을 마치고 드디어 대학생이 될 수 있고, 따분한 수업 없이 좋아하는 지구과학, 천문학만 하면 된다니 너무 좋았다.

나는 곧장 택시를 타고 해당 학교로 찾아가 무사히 원서접수를 마쳤다. 거금 10만 원이 들었지만, 맘은 가뿐했다. 재수할 생각은 없었을뿐더러 부모님께서도 그저 '빨리 대학 가서 네 앞길 잘 챙겨라'는 말씀만 하셨으니, 이 학과에 입학만 할 수 있다면 당분간 고민은 끝이었다. 이제 여자친구도 만들고, 잔디밭에서 술 먹다가 밤새 별도 보고, 집에 늦게 들어도 가보고…….

수능이 끝난 고3 수험생은 무서울 게 없었다. 학교에서도 이젠 잔소리를 하거나 어디 있냐고 일일이 찾지도 않았고, 집에서는 그동안 고생했다고 용돈까지 챙겨주니 내 인생에 이런 황금기가 다시 올까 싶었다.

그때 난 꿈에 부풀어 있었다.

'반드시 멋진 천문학자가 될 거야. 그리고 세계 최초로 화이트홀도 꼭 찾아내고야 말 거야.'


시간은 흘러 대학교 입학 날이 다가왔다. 내 옆엔 100명의 동급생이 함께 있다. 어쩌다 보니 과 대표도 맡았다. 개강 파티에서 선배가 시키는 대로 맥주컵에 소주 10잔을 부어 연거푸 마셨더니 된 놈이라면서 과 대표를 하라고 했다. 술만 잘 마시면 누구나 좋아해주는 곳이 바로 대학이었다. 덕분에 술을 쉽게 배웠다.

선배와 동급생에게 술 잘 먹는 과 대표로 인정받고 첫 수업이었다. 토질역학이라는 수업인데, 매우 감동적이었다. 우주를 알기 위해 지구에 대한 이해를 먼저 하자니 어려웠지만 일단 교수님 말씀 한 글자라도 놓칠세라 빼곡하게 필기했다.

다음 수업은 "도시관계법규"였다. 조금 이상했다. 법규라니……. 난 공학부에 왔는데? 교양 수업인가?

얼마 지나지 않아 곧 알게 되었다. 지구환경시스템공학부는 정부가 각 대학의 학과를 통합운영하기 위해 도입한 학부제도에 따르기 위한 것으로 토목·도시·건축학과가 합쳐진 학부였다. 이름만 그럴싸하게 '지구환경시스템공학부'라고 붙인 것이고, 실상 원래 전공과목과는 아무 관련 없는 이름이었던 것이다. 심지어 그 이름조차도 이 대학에서 따로 만든 게 아니라 서울대학교에서 먼저 만든 걸 똑같이 흉내 낸 것이었다.

난 바보였다. 꼼꼼하게 확인한 뒤에 알아보고 선택했어야 했는데, 난감했다. 고등학교 선생님께 찾아가 따지고 싶은 마음도 있었지만 이미 대학까지 들어온 마당에 내가 책임져야 했다. 더군다나 이미 지불한 등록금도 그

렇고 술도 참 많이 마셔 이 상태로는 재수 생활할 할 용기
도 없었다. 누군가에게 도움을 받을 상황은 더더욱 아니
고 말이다. 잘못 와도 한참 잘못 왔다. 결국 탓할 수 있는
건 나 자신밖에 없었다.

'왜 경솔했니? 왜 신중하지 못했니? 왜 아무 생각 없
이 술만 마셨니?'

인생에 정답은 없다. 그러므로 우리는 중요한 선택의
기로에서 스스로 선택해야 한다. 하지만 선택하지 않은
길에 대한 미련이 남기 마련이다. 내가 한 선택이 인생을
송두리째 바꿔놓기도 하고 말이다.

그러니 우리는 올바른 선택을 하기 위해 신중해져야
한다. 과연 올바른 선택이란 무엇일까? 많은 사람이 합리
적인 선택을 이야기한다. 그렇다면 합리적인 선택이란 뭘
까? 내가 생각하기엔 기회비용과 위험성 그리고 미래의
계획을 고려해 가장 유리한 선택을 하는 것이다. 즉, 철
저히 이성적으로 판단하는 것이다. 이렇게 선택을 했으면
선택 당시 고려하지 못했거나 선택 후에 나타난 예상치
못한 변화에 대해서도 스스로 책임을 져야 한다.

내가 생각하는 또 다른 선택 방법은 논리보다는 직관
에 의존하는 것이다. 다시 말해, 내가 하고 싶은 선택을

믿고 따르는 것이다. 그저 내가 하고 싶은 결정을 했다면 어떤 난관과 어려움도 겸허하게 받아들이고 이겨낼 수 있기 때문이다. 물론 이성적이며 논리적인 선택은 바람직하다. 그러나 맹점이 있다. 선택의 기로에서 잃는 것들에 집중하다 보면 미래에 대한 불안과 답답함으로 오히려 안목이 좁아진다.

나는 마음이 가는 선택을 우선순위에 둔다. 그리고 거기에 적극적인 마음가짐을 더한다. 그것은 어떤 선택도 최선은 아니며, 다른 어떤 선택도 최악은 아니라고 생각하는 태도이다. 물론 윤리적인 문제가 있거나 못된 마음을 품은 선택을 말하는 게 아니다.

나는 대부분 마음의 소리를 듣고 그에 따라 과감하게 선택한다. 사람들은 선택 이후에는 주사위가 손에서 떠나니 하늘의 뜻에 따라 결과가 나온다고 생각하겠지만, 나는 선택 이후의 행동이 더 중요하다고 생각한다. 내 선택이 어느 방향이든 그 선택이 가장 적절한 선택이 되도록 노력하고 또 노력하여 좋은 결과를 끌어내기 위해 최선을 다한다. '꿈을 이루고 싶다면 땀을 흘려라'라는 가훈이 이때 내 안에서 힘을 발휘한다.

학과 선택에 대한 일련의 사태와 후회. 그러나 이런

선택이 인생에 한두 번이겠는가? 매우 중요한 선택인 만큼 나는 이 선택의 책임을 지고 후회 없도록 노력하며 살기로 결심했다. 지금 돌아보니 적어도 글을 쓰는 이 순간까진 학과선택을 잘했다고 생각한다.

그 뒤 나는 참 치열한 학부 시절을 보냈다. 1~2학년 때까지만 해도 학사경고를 아슬아슬하게 피할 만큼만 공부했지만, 3학년이 되고부터는 계속 장학금을 받으며 공부에 매진했다. 나름 창의성이 필요한 여러 수업에서 나는 눈에 띄는 결과를 냈다. 분명 남다른 생각을 할 수 있는 능력이 내게 있었다. 어린 시절부터 쌓아온 상상력이 이때 큰 도움이 됐다.

졸업할 때쯤엔 학부 초기의 후회는 사라지고 졸업작품전 최우수상을 받으며 대학원까지 진학하게 되었다. 대학원 과정에서 논문 20편을 쓰고 우수논문상을 10회 받았으니, 거의 2년 동안 학회에서 상을 휩쓸었다.

모든 연구 프로젝트가 끝나거나 새롭게 떠오른 독창적인 아이디어가 있으면 그게 무엇이든 그 생각을 세상에 공유하기 위해서 열심히 논문을 썼다. 내 상상력은 끊이지 않는 아이디어와 열정의 마중물이 되어 고스란히 논문

주제가 되어주었다.

더 이상 내 선택에 후회할 이유가 없었다. 오히려 하고 싶은 천문학을 취미로 갖는 것이 더욱 재미있다는 사실까지 알아버렸으니 훌륭한 선택이었다고 할 수 있겠다.

치열함과 땀이 기필코 그렇게 만들고야 말았다.

나는 마음이 가는 선택을

우선순위에 둔다.

그리고 거기에 적극적인 마음가짐을 더한다.

다시
빛이
없다

,

．．．

　학부 시절과 석사는 그렇게 잘 마쳤지만, 곧 큰 위기가 찾아왔다. 박사과정을 시작하고 얼마 지나지 않아 박사과정을 포기하게 된 것이다.

　그때까지 우리나라는 국내에서 공부하는 것보다 다른 나라의 새로운 학문을 들여오고 익히는 데 관심이 많았다. 사정이 그러하니 국내파보다 유학파에 대한 기대가 당연히 더 높았고, 그 결과 국내 박사의 사회진출이 어느 정도 제한된 것도 사실이었다. 결국 이러한 이유로 난 박사과정을 그만두겠다고 생각을 정했다.

　대부분의 사람들은 이미 맘으로 결정해 놓곤 확실히 끝맺지 못해 후회하고 더 힘들어한다. 나는 결정을 했으면 가능한 빨리 마무리 짓고 싶었다. 맘먹은 대로 빨리 마무리 지어야 다음 단계를 준비할 수 있지 않겠는가?

지도교수님을 찾아갔다. 하지만 막상 얼굴을 뵈니 말을 꺼내기가 참 쉽지 않았다. 결국 처음으로 눈물을 보이고야 말았다. 쉰 목소리로 학교를 떠나 유학을 준비하고 싶다고 지도교수님께 말씀드렸다. 마음에 품었던 포부와 열정 그리고 학교를 옮기면서 발생한 여러 가지 문제를 솔직하게 말씀드렸다. 적어도 책임자에게 사건이 벌어지기 전에 자초지종을 설명하였기에 돌이킬 수 없는 실례를 범하지 않고 내 책상을 정리할 수 있었다. 지도교수님도 울고 있는 제자의 맘을 다 헤아리셨는지 박사과정 중단을 재가해주셨다.

나를 믿었던 만큼 상처가 되셨겠지만 허락해주셔서 정말 감사했다. 지금도 그때를 생각하면 나의 은사님 연세대학교 정진혁 교수님께 감사의 말씀을 전하지 않을 수 없다.

그렇게 학교를 떠나게 됐다.

학교를 나오고 한참을 방황했다. 세상에 버려진 것 같고 온통 실패한 것 같은 마음에 괴로웠다. 학위과정을 밟는 모든 젊은 영혼들이 그렇겠지만 학위과정이 중단된다는 것은 일종의 실패로 여겨진다. 지금껏 믿고 꿈꾸던 것, 특히 그간의 인내가 물거품이 되고 만다. 핑계를 댈 수도 없었다. 내가 적응에 실패했던 것이고, 그 틀 안에서는 내 꿈을 펼칠 수 없으니 스스로 내린 결정이었다.

만나는 사람마다 내가 왜 그런 선택을 했는지 이해하지 못했다. 용기와 희망을 주기보다 불쌍한 눈으로 쳐다보기 일쑤였다. 한술 더 떠서 질책하는 사람들도 있었다. 내가 믿고 사랑하는 사람들이 나의 선택을 지지해주지 않는다는 생각에 밤잠을 이루기 어려웠다. 친구들을 찾아가 소주 한 잔을 기울이며 이야기해도 잠시 위안을 받을 뿐 누구도 나를 도와줄 수 없었다.

그러나 누구도 나를 도와줄 수 없다고 해서 이렇게 쉽게 포기할 수는 없다. 늦으면 어떠하리? 다른 방법을 찾자. 다시 원점으로 돌아가 나의 선택을 올바르게 만들어가야 했다.

'난 원래 평범한 것을 싫어했지.'

그렇다면 특별하지는 않지만 '다름'으로 승부수를 던지는 건 어떨까?

내가 일본 유학을 결심한 것은 그때로부터 일 년쯤 지나서였다. 일본을 좋아하거나, 동경했던 것은 아니다. 특히 일본으로의 유학은 생각해 본 적도 없었다. 나에게 있어서 일본은 우리와는 참 껄끄러운 나라 혹은 애니메이션을 잘 만드는 나라였을 뿐 깊이 알지 못했다. 일본어도 거의 할 줄 몰랐다. 처음부터 일본은 유학의 고려대상도 아니었다.

처음 유학 준비를 할 때만 해도 나는 남들처럼 강남의 유명한 영어학원부터 등록했다. 토플과 GRE를 준비하는 것이 우리나라 유학준비생의 전형적인 길이다. 하지만 다름으로 승부수를 던지기로 결심했으니 다른 길을 찾고 싶었다.

'왜 미국으로 가야 해?'

이왕 틀어진 거 다른 길을 가보고 싶었다. 이미 삼십 대에 접어든 나는 이제 급할 것도 없었다. 오히려 새롭게 도전해 쌓은 색다른 경력이 나의 무기가 될 것이라는 믿음이 생겼다.

그 뒤로 '유학은 미국'이라는 틀을 깨고 제3국의 학위를 취득한 선배들을 찾아다니기 시작했다. 그간 지인들과 먹은 소주가 몇 트럭인데, 넓게 유지해온 인간관계가 빛을 발할 때였다.

찾는 자에게 길이 보인다고 했던가? 적극적으로 만나 묻고 고민해본 결과, 일본 문부성에 정부 초청 국비 유학 제도가 있다는 정보를 얻을 수 있었다. 머리가 반짝했다. 역시 인맥은 젊은이에게 가장 큰 재산임이 분명하다.

게다가 예상을 뛰어넘는 환상적인 조건이었다. 생활비와 학비를 전액 지원해줄 뿐만 아니라 능력만 되면 3년 안에 학위를 취득할 수 있었다. 잘하면 지금껏 학위과정을 그만두고 허비한 시간을 한 번에 극복할 수도 있는 매우 좋은 기회였다. 물론 좋은 조건인 만큼 경쟁도 매우 치열했다.

그러나 하고자 하면 못할 것이 뭔가? 일단 나는 일본에 방문하기로 했다. 그때껏 난 해외에 나가본 적이 없었던 터라 급하게 여권도 만들고 비행기 표도 준비했다. 지금껏 정성스레 준비한 논문과 우수논문 수상 경력을 자신감의 토대로 삼고 아직 모르는 일본어는 머릿속에서 멀리 치워놓고선 한 번도 가 본 적 없는 일본으로 무작정 찾아갔다.

일본에 방문하면서 제일 먼저 생각한 것은 전공이 아니었다. 전문가들은 하고 싶은 공부를 찾고 학교를 정하라고 말한다. 하지만 나는 조금 다른 고민에 빠졌다. 일본에서는 박사과정 정도가 되면 전문가로서 그 연구방법과 주제를 존중해주기 때문에 자신의 연구를 좋은 방향으로 이끌어 줄 역량 있는 지도교수가 더 중요하다. 즉, 무엇이 되었든 내가 하고 싶은 것이 곧 내 전공이 되기 때문에 내 열정과 상상력을 최대로 끌어올려 줄 교수님을 찾아야했다.

나와 궁합이 잘 맞는 교수님을 찾기 위해 인품이 좋고, 창의적 연구를 지향하시는 일본 교수님들의 연구논문을 꼼꼼히 조사했다. 그 결과 느낌(?)이 팍 오는 교수님 한 분을 찾을 수 있었다.

'내가 교수를 선택하는 건가? 호호호……'

은근히 주종관계가 바뀐 듯한 생각에 미소가 나왔다.

게다가 열정의 결과일까? 우연과 필연을 잘 묶어서 내가 찜한 도쿄대학교 교수님을 만날 기회를 잡게 되었다.

나는 먹지도 자지도 않으며 일본 교수님과의 면담을 준비한 후 그분을 찾아뵈었다. 일본어는 아직 잘 모르니 미국 유학을 위해 공부해 둔 영어로 한국에서 가져온 포트폴리오와 논문 20여 편과 상장 10여 개를 잘 포장하여 내가 지난날 얼마나 최선을 다해 살아왔는지 전하기 위해 애썼다.

가장 어려운 것은 질의응답이었다. 미리 자료를 준비
해 간 것은 노력해서 잘 전달하면 된다. 자료도 있고, 핵
심키워드도 있으니 말이다. 하지만 즉흥성이 가미된 질의
응답은 달랐다.

교수님이 물으셨다.

"미스터 리(Mr. Lee) 연구란 무엇이라 생각하나요?"

아직 경험도 언어도 부족했던 나에겐 꽤나 어려운 질
문이었다.

순간 머리가 하얗게 변했다. 당황스럽기 짝이 없었다.
나는 물끄러미 테이블 위의 음식만 쳐다보며 눈을 피할
수밖에 없었다. '아 어쩌지? 뭐라고 해야 하지?'라고 생각
하며 우선 입을 열었다.

"연구는 창조와 의미가 통한다고 생각합니다."

"어떤 점이 통하나요?"

'이분은 고수다'라는 생각이 절로 들었다. 교수님은 대
답하기 어려운 부분을 콕 집어내 되물으셨다.

나는 이 상황을 피할 수 없었고 어떤 식으로든 대답해
야 했다. 그것도 그럴듯하게 말이다. 사면초가가 아닐 수
없었으나 정신을 부여잡았다.

'이렇게 어려운 질문은 내가 어렵게 대답해봐야 교수

님을 능가할 수 없고, 그냥 쉽게 해결해야 한다.'

'진리가 세상 모든 이치와 통한다면 지금 앞에 있는 음식으로도 설명할 수 있지 않을까?'

나는 아까부터 신경 쓰이던 테이블 위의 처음 보는 일본식 돼지고기 수프를 주시하고는 말씀드렸다.

"가치가 없던 어떤 지식에 새로운 가치를 부여하는 것이라 생각합니다."

"그런 예시가 있나요?"

"네, 학문과 거리가 먼 음식으로 설명해 보겠습니다."

"아 그래요?"

"같은 음식이라도 맛이 다른 것은 새로운 재료를 사용했기 때문이 아닙니다. 음식에 대한 상상력과 창조적 해석으로 그 재료를 재해석하여 같은 것이지만 다르게 만들기 때문입니다"

"연구도 그런가요?"

"처음 들어본 질문이라 지금 막 생각했지만 지금, 이 순간은 적어도 그렇게 생각합니다. 세상의 진리라는 것들이 각자 크게 다르지 않겠지만, 그 진리를 재해석해보고, 운이 좋다면 진리를 뒤엎는 도전도 하고 싶습니다!"

라고 포부까지 전했다.

식은땀이 볼을 타고 목으로 흘러내렸다. 만족하셨는지 아니었는지 도저히 알 수 없었다. 그저 침착하기만 한 교수님의 얼굴에서는 도무지 표정이라곤 읽을 수 없으니 더 걱정이었다. 이 질문은 지금까지도 답을 찾기 어렵다.

만만치 않은 면접을 마치고 나자 걱정과 달리 나는 복잡한 서류심사를 통과할 수 있었다. 물론 그로부터 무려 1년 동안이나 초조하게 결과를 기다려야 했지만, 어쨌든 지도교수님의 추천으로 결국 일본정부 초청 문부성 장학생이 되었다. 정말 오래오래 돌아서 나도 이제 유학을 하러 된 것이다. 유학비도 많이 필요하지 않았고, 도쿄 인근에 나만의 작은 아파트와 왕복 비행기 티켓도 보내주었다.

안녕 도쿄

,

･ ･ ･

뭔가 맘이 후련했다. 오랫동안 나를 괴롭힌 모든 우울감은 말끔하게 씻겨 나가고 자신감이 최고조에 오른 날이다. 그날 만큼은 그간의 일들을 모두 차치하고 멋진 유학 생활을 기대해봤다.

비행기 티켓도 일본에서 보내 준 덕분에 오늘은 억지로 기내식을 먹을 필요 없이 음료만 마시는 여유까지 부렸다. 학생 신분으로 있는 돈 없는 돈 탈탈 털어 처음 일본행 비행기를 탔을 때는 돈이 아깝다는 생각에 기내식에 맥주에 빵이며 라면까지 다 챙겨 먹었지만, 오늘 내 딴에는 어느 때보다도 호화스러운 날이니 그럴 필요가 없다. 그래도 여전히 탑승 수속을 밟고 걸어 들어가는 연결통로는 나를 두근거리게 했다. 이래저래 들뜬 마음이었지만 너무 오버하지 않기로 하고 눈을 감았다.

잠시 후 하네다 공항에 도착했다. 비행기에서 나오는 일본 안내방송은 참 특이하다. 약간 콧소리를 섞어서 까랑까랑 뭐라고 하는데, 알아들을 순 없어도 친절함이 목소리에 배어 있다. 거기다 승무원들은 뭐를 가져다줘도 감사하다, 뭘 부탁해도 감사하단다. 지겨울 것도 같은데 그냥 뭐든 말끝은 감사하단다. 이런 문화가 아직은 익숙하지 않다. 하지만 오늘은 모든 게 고맙다. 왠지 한국에서 실패한 나인데도 미래 가치를 알아보고 불러주는 것 같아 신이 난다. 몸과 마음을 다잡고 무사히 학위만 마치자고 생각했다.

'이제 정말 시작이다. 아마 전쟁 같은 나날이 될 것이다. 난 할 수 있다.'

공항에는 연구실 동료들이 미리 마중 나와 있었다. 내가 모르고 지나칠까 봐서는 큰 종이에 매직으로 대충 휘갈겨 쓴 'LEE JUN'이라는 팻말도 들고 있었다. 이메일로 몇 번 안부를 전한 적은 있지만, 얼굴을 보는 것은 오늘이 처음이다. 먼 듯 가까운 듯 먼 나라 이웃 나라 일본이라지만 확실히 같은 동양인임에도 불구하고 분명 스타일이 달랐다. 딱 보기에도 일본사람들이다. 가죽으로 된 뾰족 부츠에는 체인이 주렁주렁 달려 있고, 머리는 이런저런 색으로 염색이 되어있으며 영화 〈냉정과 열정 사이〉에 나오는 남자 주인공 같은 바람머리를 하고 있다.

나는 와락 달려가 인사를 하려 했는데, 도대체 일본식 인사가 뭘까? 그때껏 일본 드라마 하나 보지 않았으니 아는 바도 없고, 그냥 악수를 청했다. 이 사람들은 악수를 청하니 90도로 허리를 숙인다. 난 군대 시절 군인은 절대 허리를 숙이지 말라고 배워서 고개만 숙이는데 말이다.

뭐 급한 것도 없는데 왜 여러 사람이 나왔나 싶더니 서로 업무를 분담했던 모양이다. 누구는 지하철표를 사러 가고, 누구는 짐을 찾아주고, 누구는 전화로 보고를 하는 등 분주한 가운데 순식간에 일이 착착 진행됐다. 역시 협업에 강한 일본답다.

기내식도 안 먹고 와서 배도 슬슬 고플 찰나 한 분이 식사를 제안해 흔쾌히 그러기로 했다. 그분은 내게 무엇을 먹겠느냐 물었고, 나는 아는 일본 음식이 없으니 추천해 달라고 대답했다. 이때가 처음으로 가츠동을 먹어본 날이다.

가츠동은 돈가스와 계란을 밥 위에 올려주는 일본식 덮밥이다. 동료들이 먹는 모습을 가만히 관찰해보니 왼손으로 그릇을 들고 먹는다. 한국에서는 그릇을 들고 먹으면 어른들이 천하다고 혼내는데. 그래서 그런지 아직 들고 먹는 게 편하지 않았다. 나는 가츠동을 받자마자 비빔밥처럼 휙 비비고 있는데, 여기 동료들은 밥 위에 덮인 토핑이 부서지지 않게 조심스럽게 젓가락으로 한쪽부터 살살 비벼 먹는다. 궁금해서 물어보니, 다 먹는 그 순간까지 예쁘게 먹고 싶어서 한 번에 비비지 않고 한쪽부터 조금씩 비벼 먹는단다. 뭐 대단한 차이점은 아니지만, 이런 작은 문화도 모르고 앞으로 어떻게 일본에서 학문을 깊이 배우고 이해할 수 있을까 싶은 생각에 나도 그들을 따라 한쪽부터 비볐다.

나보다 10살쯤 나이가 어린 이 친구들을 보고 있자니 문득 나의 대학 시절이 떠오른다.

고등학생 때까지만 해도 천문학자가 되고 싶었던 나는 그야말로 실수로 지구환경시스템공학부에 들어가면서 내 인생의 전환점을 맞았다. 천문학자라는 일생의 꿈을 접어야만 한다는 생각에 좌절했던 것도 잠시, 교통법규라는 과목은 우연이란 이름으로 찾아와 나를 바꾸는 기회가 되어주었다.

당시 신도시가 많이 생겼던 우리나라 시대 흐름에 맞

추어 디자인, 법규, 경제, 건설이 포함된 도시공학과 붐이 일었다. 내가 다닌 지구환경시스템공학부도 그러한 추세에 맞추어 만들어진 통합운영 학과였다. 마음의 준비를 하고 들어온 것도 아니다 보니 모든 과목이 흥미 밖이었다.

그중에서도 도시설계는 특히나 어려웠다. 제도실습이라는 정말 까다로운 수업이 있었다. 지도 위에 기름종이를 올리고 똑같이 그리는 작업이었다. 전공 필수과목으로 2학점에 8시간 수업이니 진을 다 빼는 수업 중 하나였다.

나는 가만히 앉아서 하는 그런 작업을 참을 수 없었다. 어떤 친구들은 느긋하게 자리에 앉아 뚝딱뚝딱 해나가는데, 나는 산이 표시된 부분에 등고선만 그리면 시작점과 끝점이 달랐다. 나도 모르는 사이에 아래 또는 위의 등고선에 침범해서 그 선을 따라가고 있었다. 이 작업은 지울 수 없는 작업이기 때문에 한 번 실수할 때마다 '악' 소리가 절로 나온다. 그런 과정을 몇 번 겪고 나자, 결국 좌절감에 포기해버렸다. 지금도 그 과목은 다시 하고 싶지 않다. 그런 그림을 그리라면 울렁증과 두통 그리고 수전증이 동반되며, 이루 말할 수 없는 답답함으로 가슴이 죄어왔다. 정말로 내 적성이 아닌 것 같았다. 그래서 학부 2학년때까지는 대부분 F와 D 학점을 받았다.

이렇다 보니 도시설계 분야는 지금까지도 귀에 걸면 귀걸이, 코에 걸면 코걸이 같은 느낌을 버릴 수 없다. 디자인이란 게 딱 떨어지는 수학과 달리 이래도 아니고 저래도 아니라고 하니 미칠 노릇이었다. 그리고 디자인이란 감각과 소질이 있는 사람을 따라갈 수가 없어서, 소질이 없다고 생각했던 나는 학부 초기에 일찌감치 포기하고 교통 분야에 집중했다. 교통공학은 도시구조의 뼈대가 되어 주는 디자인 부분이 가장 최소화된 정통 공학 분야이다. 그나마 내가 흥미로워하는 수학과 물리학적 접근이 필요한 분야이기 때문에 애당초 선택지가 그것밖에 없기도 했다.

그때 시대의 흐름에 맞춰 도시공학을, 그중에서도 나와 그나마 가장 잘 맞는다고 생각한 교통공학에 지금까지 종사하고 있는 것을 보면 이러나저러나 운명은 맞았나 보다.

그렇게 첫 대면 식사를 마치고 차례차례 각자 계산을 마치고 가게를 나왔다. 내가 열 살 정도 나이 많으니 밥을 사주겠다고 했지만, 기어코 사양하고는 결국 각자 계산했다. 더 강요하면 실례일지 몰라 나도 한두 번 우기다 말았다.

새롭게 도전해 쌓은 색다른 경력이
나의 무기가 될 것이라 믿는다.

두 번째 움직임,

흔들리는
타국을 걷다

아
직
낮
선

,

• • •

　　일본에서 생활하면 열차를 많이 이용하게 된
다. 그러나 일본 지하철 노선도를 처음 접하는 이들은 당
황해한다. 거미줄 같이 퍼져나간 노선도에는 역 이름이
깨알같이 나열되어 있어 지금 내가 어디 있는지, 어디를
가야 하는지 찾아보기란 쉽지 않기 때문이다. 나도 처음
일본에 도착했을 때 도쿄 지하철 노선도를 보고 놀랐던
기억이 아직도 생생하다. 게다가 일본 열차는 일반·급행
·준급행·통근 열차 등으로 다양하게 분류돼 있고 역을 모
두 서는 열차와 몇몇 작은 역은 그냥 지나치는 열차도 있
어 겨우겨우 플랫폼을 제대로 찾았다 하더라도 열차를 잘
골라 타야 한다.

　　이렇게 열차 시스템이 복잡하다 보니 일본사람들에게
길을 물어보는 경우가 종종 있었다. 지하철에서 그들에게

길을 물어보면 제일 먼저 노선정보를 알려준다. 이 노선정보는 우리와 같이 몇 호선의 의미이다. 민영 철도사업자가 넘치는 일본에서는 번호를 붙이지 않고 이름으로 호선을 설명한다.

그리고 어떤 사람이 '내가 어느 호선 근처에 살아요'라고 호선 이름을 말해준다면 지리적 정보를 아는 일본사람은 대략 그 사람이 어디쯤 사는지 예상할 수 있다. 우리나라도 어떤 사람이 주로 신분당선을 탄다고 하면 '강남과 분당을 오가겠구나'라고 예측할 수 있는 것과 마찬가지이다.

환승해야 할 경우에도 역시 호선을 말해준다. 우리나라와 비슷하지만 여기서 핵심은 '호선'을 꼭 들어야 한다는 것이다. 우리와 같이 번호가 아니므로 ○○선을 꼭 듣고, 지도에서 무작정 역사를 찾는 것이 아니라 노선을 확인하고 범위를 좁혀서 노선 안에서 목적지 역사 이름을 찾아야 한다.

복잡한 노선도와 여러 다른 민영 사업자의 혼재로 우리나라처럼 노선 번호와 색상으로는 식별이 불가능하다. 더군다나 통근열차의 경우 한 정거장을 가는데 20~40분이 걸리기도 한다. 이 경우 잘못 타면 다음 역에서 내려 원래 지점으로 돌아오는데 1시간 이상이 걸리기 때문에 일정을 포기해야 할 수도 있다. 난 이런 시스템이 갖춰진 일본 열차를 이용하며 수많은 시행착오를 겪고 있지만, 다르게 생각해보면 이렇게 많은 사람이 다양한 목적지를 이용할 수 있으려면 이러한 복잡한 시스템밖에는 해결책이 없는 듯하다. 무엇보다 이미 익숙해진 일본사람은 이 시스템을 이용하는데 불편함이 전혀 없어 보인다.

열차의 이런 복잡함은 다 이해할 수 있지만, 내가 일본에서 지낸 마지막 날까지 이해할 수 없는 것이 있었다. 그것은 이름이 같은 역사가 환승 연결이 안 되어있다는 것이다.

우리나라의 경우 같은 이름의 역인 경우 역사 안에서 다른 노선으로 환승할 수 있다. 하지만 일본은 그렇지 않은 역이 종종 있다.

혼고산초매역의 경우 서로 다른 사업자(오에도선과 마루노우치선)가 같은 역사 명을 쓰고 지도에도 환승역으로 나와 있지만, 실상은 그렇지 않다. 지하 5층에서 1층으로 개찰구를 통해 나와서 약 500m 정도 걸어야 다른 혼고산초매역이 있다. 우리나라 같았으면 역사 이름을 달리하거나 아니면 같은 역끼리라면 바로 환승할 수 있게 연결했을 텐데 말이다. 몇 번씩 골탕을 먹으니 이제는 오히려 좀 더 아는 듯 으쓱해지지만, 그동안 먹은 골탕이 참 소화가 안 된다.

차를 사고 싶은 마음이 없었던 건 아니다. 게다가 1980년대부터 대한민국에 불어온 마이카 붐. 덕분에 우리나라에서는 직업이 없어도 차가 있는 사람이 많았고 대학생들도 차를 종종 몰고 다녔다. 또, 미국은 자동차가 필수품이라 미국으로 유학 간 친구들은 자동차를 타고 쇼핑하고 등교도 하고 손님이 오면 공항으로 직접 차를 몰고 픽업을 나갔다.

그러나 일본은 상황이 달랐다. 자동차를 사는 순간 소득이 충분히 있다고 여겨져 주민세가 두 배 이상 오른다. 게다가 외국인 보험은 일반 보험보다 1.5배 비싸다. 이게 다가 아니다. 자기 주택에 주차할 공간이 있는 게 아니라면 주차장도 임대해야 한다. 땅값이 높은 일본에서는 주차장 임대료도 비싸므로 유학생에겐 벅차다. 그래서 일본 유학생 대부분은 대중교통을 이용할 수밖에 없다.

문제는 여기서 끝이 아니다. 어떻게 차를 몰게 되더라도 허들이 하나 더 남아있다. 바로 차량운행 방향과 자동차 운전대가 우리나라와는 정반대라는 것이다. 그 말인즉 일본의 차량은 우리나라와 반대 방향인 좌측통행을 한다는 말이다. 즉, 정신 못 차리고 이전 자기 나라에서 익힌 습관으로 운전하면 자칫 큰 사고가 날 수 있다.

차량이 좌측통행을 하듯이 일본사람들도 좌측으로 걸어간다. 우리나라도 2009년 "보행환경 개선사업"이 진행되기 전까지는 보행자가 좌측통행을 했었다. 나는 이 사업에 참여하면서 적잖은 충격을 받았다. 가르치는 선생님도 그리고 배우는 학생도 왜 그래야 하는지 정확한 이유도 모른 채 좌측통행을 매너로 여기고 있었기 때문이다. 그만큼 2009년 전까지 우리나라에서 좌측통행은 논란의 여지가 없는 상식이었다.

하지만 이것이 바로 일제의 잔재 중 하나였다. 일제 강점기에 우리나라를 침략한 일본은 자신들의 방식대로 우리나라의 도로를 구성했고 그 때문에 자동차가 지금과 달리 좌측통행을 하고 있었다. 차량이 좌측통행을 하는 경우 인도에 있는 사람들도 좌측통행을 해야 한다. 차량과 보행자가 서로 마주 보는 형태로 움직여야 차량 운전자도 접근하는 보행자를 관찰하기 쉽고, 보행자도 혹시 차가 인도 쪽으로 다가오지 않는지 알아챌 수 있어 위험한 상황을 피할 수 있기 때문이다.

상황이 이런데도 우리나라는 변화하지 않고 일제 강점기의 교육정책을 그대로 시행하였고, 교통문화 또한 일제 강점기에 배운 그대로 교육하고 있었다. 하지만 광복 이후 우리나라에 미국식 차량과 교통문화가 들어오면서 차량이 우측통행을 하게 되었다. 그렇다면 당연히 보행자도 우측통행을 해야 마땅한데, 아무도 이러한 문제점을 인식하지 못하고 그냥 배운 대로, 기록된 대로 교과서 내용도 수정하지 않고 그대로 교육하고 있었다.

그러던 것이 2009년 '보행환경 개선사업'의 성공적인 정착 덕에 지금은 대부분 우측통행을 하고 있으니 천만다행이다. 광복 50년 만에 우리나라의 교통실정에 맞게 문화가 개선되어 교통 환경이 더욱 안전해지는 결과를 얻었다.

어쨌든 난 일본에 왔으니 일본 교통문화에 맞춰 좌측통행을 해야 하는데, 그게 말처럼 쉽지 않았다. 습관의 문제였다.

건널목을 건널 때, 난 한국에서 하던 대로 좌측을 먼저 본다. 지금까지 자동차는 좌측에서 접근했으니까 말이다. 그러나 여긴 일본이고, 자동차가 우측에서 온다. 몇 번이나 텅 빈 좌측을 보고 건너려 하다가 우측에서 급정

지하는 차량을 자주 접하고 있었다.

다행히 사람들이 기본적으로 매너가 좋고, 또 사람이 먼저인 교통문화를 지니고 있기에 사고로 이어지지 않고 욕도 안 먹었다(했어도 못 알아듣는다). 그렇지만 이런 일을 겪으면서 난 작은 습관이 가져올 수 있는 위험한 상황이 얼마나 무서운 건지 새삼 느꼈다.

특히 사람이 붐비는 지하철에서 다른 승객과 맞닥뜨리면 재미있는 일이 벌어진다. 보행자 댄싱(Pedestrian Dancing)이라고 하는데, 나는 습관적으로 우측으로 피해서 지나치는데 맞은편의 사람은 자신의 좌측으로 몸을 옮긴다. 그럼 나와 같은 방향에서 또 마주친다. 그러면 둘 다 당황하면서 또 나는 좌측, 상대방은 우측으로 방향을 바꾸며 서로 오도 가도 못하게 된다. 이런 현상은 1초 남짓의 찰나이지만, 두 사람은 좌우로 서로 비껴가려고 춤을 추게 된다. 우스꽝스럽지만 하루에도 몇 번이나 그런다. 외모로는 일본사람과 차이가 거의 없지만, 이런 상황 때문에 내가 일본사람이 아니란 것을 그 사람이 쉽사리 눈치채곤 한다. 사실은 내가 그 사람을 방해한 것이니 조금 미안하다. '큰 잘못은 아니니 그냥 넘어가 주세요'라며 마음으로 사과하고 지나간다.

일본만이 아니다. 통행 환경은 그 나라 문화에 영향을 많이 받으므로 어느 나라를 가든 이런 경우는 생길 수 있다. 그래서 외국으로 여행을 가면 같은 길을 걸어도 더 신경 쓸 것이 많아지고 쉽게 피로해질 수밖에 없다.

작은 습관이 가져올 수 있는 위험한 상황

일본을

기록하다

,

．．．

　신주쿠역 B10번 출구 나무 앞에서 오전 10시 23분. 연구실 동료들과 지역 물류센터에 견학을 가기 위해서 만나기로 한 약속 시간이다. 모임을 주도하는 연구생은 친절하게 신주쿠 역사 지도에 출구를 형광펜으로 표시해주고 우리가 만날 곳에 심겨 있는 나무 사진까지 찍어서 나에게 건네주었다. 백 개가 넘는 신주쿠역 출구에 당황한 적도 있지만, 이제는 열 번도 넘게 가봐서 낯설지 않았다.

　그런데 23분이란다. 10시 정각도, 30분도 아니고 23분이란다. 내가 두 번이나 다시 물어봤다. 시간이 맞는지. 그런데 너무도 당연한 듯 그렇다고 한다. 종이에 찍힌 미팅 시간은 정말 낯설었다.

　'미팅 시간이 왜 이럴까?'

한참을 생각해봐도 이해하기 힘들었다. 그러나 일단은 만나야 했고, 고민하고 곱씹을 여유가 없었다.

난 약속 시간 훨씬 전에 도착했다.

나 같은 초행자는 열차를 한 번만 놓치거나 헤매도 약속 시간에 늦기 마련이라 일찍 출발해 일찍 도착하는 것 이외에는 방도가 없다.

9시 30분. 아직도 한 시간은 남았다. 관광객이라면 신주쿠 거리에서 이것저것 보려고 했겠지만, 나름 몇 번 와봤다고 익숙해지기도 했고 아침부터 서두른 탓에 피곤해 약속 장소에 있는 나무에 몸을 기대고 잠시 눈을 감았다. 귀에 일본 특유의 소음이 들려왔다. 누군가 크게 웃고 떠드는 소리는 없지만, 대형 전광판의 빤짝임 그리고 각종 자판기의 기계음 같은 것 말이다.

다리에 힘이 풀리면서 깜짝 놀랐다. 잠깐 졸았나 보다. 혼자서 쇼를 한 것 같아 부끄러워 나무 주위를 한 바퀴 돌며 시간을 보았다. 10시 20분이다. 그런데 아무도 안 보였다. 혹시 나 혼자 다른데 와 있는 건 아닐까? 걱정되기 시작했다. 20명이 만나기로 했으니 한 명쯤은 와 있을 만도 한데 시간 잘 지킨다는 일본사람이 어찌 한 명도 없는지…….

10시 22분이 되어도 사람이 없다.

이제는 분명 내가 뭔가 잘못 알고 있는 게 분명하다. 일본사람 대부분은 전화 대신 문자나 메일을 보낸다. 그들이라고 휴대전화가 없는 건 아니지만, 상대방이 회의 중일지도 모르기 때문에 방해하지 않기 위해서 그런다고 한다. 하지만 이 급한 상황에 어쩌랴. 그냥 주선자에게 전화를 걸었다. 역시나 안 받는다. 오늘 새벽부터 준비한 이 일정이 한순간에 무너지고 할 일 없이 한 시간 기다린 나는 억울해지기 시작했다.

그때 누군가가 내 등을 살짝 건드렸다.

"이 상!"

"아, 토쿠다 상."

시간을 보니 10시 23분 정각. 그리고 뒤를 돌아보니 익숙한 동료 20명이 있었다. 어찌 된 일인가? 어디서 나타났지? 동료에게 물어보았다.


대부분 같은 열차를 타고 왔다고 한다.

여러 가지 교통수단 중에서도 열차의 장점은 두 가지 정도로 볼 수 있다. 하나는 대용량 수송이 가능한 점, 다른 하나는 정시성이다. 시간 계획(Time Table)에 정확히 맞추어 움직이기 때문이다. 일본사람들은 이 시스템에 적응되었기에 사람이 많이 모이는 약속장소의 열차 시간표쯤은 다들 머릿속에 꿰고 있다.

그제야 왜 이 사람들이 시간을 칼같이 맞출 수 있었는지 알게 됐다. 그리고 왜 약속 시간까지 아무도 없었는지도 알게 되었다. 10시 23분이라는 약속 시간의 23분은 신주쿠 주요 철도 도착시간이 18분이었기 때문이다. 그 시간에 도착하는 열차만 놓치지 않으면 정확하게 10시 18분에 신주쿠역에 도착할 것이며, 여유시간 5분이면 약속 장소에 올 수 있기에 다들 비슷한 기차를 타고 같은 시간에 도착한 것이다. 이건 다 열차 시간표에 기준을 잡는 일본의 시간 약속 문화였던 거다.

그래서 약속에 늦었을 때 열차가 지연되었다는 사유를 대면 너무나 잘 먹힌다. 수업시간에 학생이 늦었을 때 단골 사유 아니, 유일한 사유가 열차 지연사고라고 한다. 그리고 그것을 아무도 뭐라 하지 않는다.

더구나 그럴 것이 일본의 택시요금은 엄청나게 비싸기로 유명하고, 버스노선도 많지 않기 때문에 비교적 자유롭게 활용할 수 있는 유일한 교통수단인 열차에 문제가 생기면 기다리는 것 이외에는 방법이 없다.

나는 아직 초짜 일본 유학생이라서 열차 시간에 맞추어 움직이는 내공은 없지만, 내게도 열차는 중요한 교통 수단이 되었다. 집에서 학교까지 약 1시간 30분이 걸리기 때문에 열차가 아니면 답이 없었다.

일찍 일어나는 새가 먹이를 찾는다고, 나는 6시에 일어나 6시 30분이면 집을 나와 열차를 탄다. 우리나라와 마찬가지로 일본도 7시만 되면 출근길 지하철이 지옥철로 변하기 때문에 그 시간엔 감히 탈 엄두가 나지 않는다. 간신히 열차에 타더라도 내리지 못해 역을 지나치는 경우도 있으니 말이다.

일본은 아직까지 주요 역사에 푸시맨이 있어 한 열차에 최대한의 인원이 빼곡하게 들어갈 수 있도록 도와준다. 난 이런 열차를 타면, 사람 사이의 간격이 너무 좁아져서 몸이며 얼굴을 어디에 둘지, 가방이나 우산이 남들 옷에 걸리지 않을지 걱정돼서 불편하다.

그래서 그냥 일찍 출발하는 게 여러모로 낫다. 제일 먼저 연구실에 도착해 연구를 시작하면 마치 노벨상이라도 받을 것 같이 연구 열의가 솟구치기 때문에 좋다.

하지만 일찍 나오려면 아침 식사를 포기해야 한다. 서둘러 나가야 하니 집에서 밥을 해 먹을 수 없다. 당장 그 순간에는 입맛도 없고 말이다. 그래서 매일같이 환승하는 신마츠도역에 있는 작은 우동가게에 들르게 되었다.

지하철역에 도착할 때쯤이면 위장도 잠에서 깨어나는 것인지 항상 배가 고프다. 특히 따뜻한 국물이 들어간 음식이 먹고 싶어진다. 그때 플랫폼 바로 위에 있는 이 우동가게를 발견하게 되었다. 이 우동가게는 캄캄한 새벽에 문을 연 유일한 집일뿐만 아니라 갈아타는 곳에서도 가까워 열차를 기다리며 배를 채우기에 안성맞춤이다.

"…… 데스까?"

주인이 뭔가를 말해도 일본어에 서툰 난 당연히 알아들을 수 없다.

"스미마셍."

이라 하고는 그냥 우동을 가리키며 "고래 쿠다사이(이거 주세요)"라고 이야기했다. 그러자 주인은 "우동? 소바?" 이렇게 되물었다. '웬 소바?'라는 생각이 들었지만 개의치 않고 다시 "우동"이라고 답했다.

무사히 배를 채우고 가게를 나오고 나서야 궁금했다.

'왜 우동이라는데 소바를 물어봤을까?'

그래서 동료들에게 물어 이야기 들어보니 이런 것이었다. 일본과 우리나라의 우동 국물은 같은 가쯔오(가다랑어) 베이스지만, 일본은 우동과 메밀면 중에서 고를 수 있다고 한다. 흥미로운 건 일본사람은 우동보다는 메밀면으로 더 많이 먹는다. 우리나라에서는 메밀면이라고 하면 판 모밀 혹은 냉 모밀이라는 이름으로 여름에 차갑게만 먹는데 여긴 뜨겁게 먹는다. 이렇게 하나 또 배웠다.

나도 한 번 도전해 봤는데, 우동은 정말 '소바'로 먹는 게 더 맛있었다.

우동하니 생각나는 것이 하나 더 있다. 바로 일본 하면 빼놓을 수 없는 '라멘'이다.

같은 학교에 다니는 한 한국인 선배는 일본에 적응이 어느 정도 되었나를 판가름하는 척도로 라멘을 이야기한다. 일본 길거리 이곳저곳엔 편의점만큼이나 라멘집이라고 쓰인 간판들이 즐비하다. 또, 이해할 수 없는 긴 줄을 서서 그 라멘을 땀 흘리며 먹고 나가는 모습을 쉽게 마주할 수 있다. 그런 만큼 관광객들에게 라멘집은 2박 3일의 짧은 여행일정에도 시간을 내서 들르고 가는 필수코스이다. 그러나 이 '라멘'을 처음 맛보는 관광객의 반응은 호불호가 갈린다. 맛있다는 반응보다는 느끼하다는 반응이 대다수를 차지한다. 그래서 라멘이 맛있어졌느냐 아니냐에 따라 일본에 얼마나 적응했는지를 가늠할 수 있다고 말하는 것이다.

나는 주변 친구들이나 연구실 동료들에게 물어물어 맛 좋다는 유명한 라멘집을 여럿 찾아가 보았지만, 아직 좀처럼 그 느끼함을 떨치지 못하고 있었다.

그런데 일본에 온 뒤로 음식 적응을 못해 해쓱해져 가는 나를 본 한 친구가 비밀장소라며 어느 기차역 3번 출구에 있는 라멘집에 가자고 했다.

이 친구는 내 연구실 뒷자리에 앉은 녀석인데, 일본의 모든 기차역은 다 돌아봤다고 할 만큼 철도 오타쿠로 유명하다. 한가할 때면 쇼핑이나 뉴스 검색 대신 늘 새로 나온 기차 모델, 기차 사진 등 동호회 활동에 열심이다. 다른 일본인 친구와 달리 늘 튀지 않는 옷차림에 검소하게 생활하며, 연구실 방장을 맡아 온갖 궂은일을 다 하는 남다른 묵직함으로 믿음직스러운 녀석이다. 평소엔 좀처럼 입을 열지 않는데, 나한테 이렇게 말을 하는 것을 보니 오늘은 뭔가 좀 특별하려나? 기대하며 연구실을 나섰다.

일본의 점심 시간 모습은 좀 특이하다. 누구 하나 밥을 같이 먹자는 사람이 없으니 말이다. 처음에는 내가 이방인이라 따돌리는 줄 알았는데, 그게 아니었다.

대다수의 일본사람들은 점심을 혼자 먹는다. 대부분이 점심을 먹는 자기만의 아지트를 가지고 있고, 가끔 들르고 싶은 가게가 있더라도 혼자 갔다 온다. 다른 사람과 같이 가 그 사람을 배려하느니 마음 편하게 혼자 가 먹고 싶은 데로 주문해 먹는 것이다. 아니면 일본식 도시락 체인점(호토모토)이나 편의점에 들러 도시락을 하나씩 집어 들고 연구실 자기 자리나 잔디밭 또는 나무 아래 벤치에서 혼자 식사를 한다.

점심 시간에 밖을 나가면 대부분이 하얀 도시락 비닐을 한 손에 들고 다니는데, 마치 초등학생이 실내화 가방을 들고 다니듯이 덜렁거리며 발걸음들이 가볍다. 아무도 이상하게 생각하지 않고, 점심 시간만큼은 누구의 눈치도 안 보고 자기만의 시간을 갖고 싶어 하는 것처럼 보인다.

그래서 내가 점심 같이 먹자고 하면 그들에게 곤욕을 주게 되는 것 같아서 처음에만 몇 번 제안했다가 관뒀다. 나 때문에 음식을 설명하고, 골라주고, 맛이 어떤지 묻는 이들의 모습을 보면 내가 다 불편하다.

그래서 이날이 더욱 특별한 날이 되지 않을까 기대된 것이다. 일본사람들 대부분이 혼자 밥을 먹는 데다가, 특히나 이 친구는 나와 좀처럼 대화를 나눠본 적이 없다. 친구들과는 제법 크게 웃고 떠들기도 하는 것 같은데, 자신의 고쳐지지 않는 영어 발음 때문인지 내가 말만 걸면 한참을 생각해서 고급단어를 쓰느라 대화가 길게 이어지는 경우가 없었다. 그런 녀석이 나에게 먼저 제안을 다 하다니. 의아했지만 그래도 이런 기회가 언제 또 올지 몰라 덥석 그 친구의 점심 식사에 동행했다.

우린 지하철을 타러 갔다. 아마 열차를 타고 가는 곳이 아니면 소개도 안 해줬겠지만, 열차를 타고 가니 같이 가고 싶었는지도 모른다. 철도 마니아니, 지하철에 대해 궁금한 점을 물어보면 좋겠다 싶었다.

우선 스크린도어가 궁금했다. 우리나라 지하철은 100% 스크린도어가 설치되어 끼임 사고는 존재해도 낙상 사고는 없는데, 일본 철도는 스크린도어를 보기가 좀처럼 쉽지 않다. 있다고 해도 반만 가리거나 펜스 정도의 허술한 구조가 전부이다. 왜 여기는 없을까?

이런 질문을 받은 녀석이 움찔했다. 처음부터 없던 것

을 내가 어찌 아느냐는 눈빛? 하지만 일본사람의 전형적인 답변이 시작되었다.

일본사람은 질문을 하면 어떻게든 쥐어짜서 답변을 만드는 습성이 있다. 좋은 면은 최선을 다해 답변해주는 것이며, 잘 모르면 누구에게 어떻게 물어봐서라도 답변을 한다는 것이다. 하지만 나쁜 점은 빨리 '안다', '모른다'라는 대답을 얻을 수 없다는 것이다. 우리나라 말처럼 끝까지 들어봐야 하는 속 터지는 점이 있다. 어쨌든 그 녀석의 대답은 시원치 않다. 철도 오타쿠인 이 녀석은 자신이 모르는 것이 있다는 것에 무척 신경 쓰이는지 계속 생각한다. 미안할 정도로 말이다. 오히려 내가 답을 찾아줘야 할 판이다.

바람이 휙 몰아치며 저 멀리 열차가 들어온다.

'이 녀석 고민을 어찌 해결해 준담?' 자석에 끌리듯 도착한 열차 문 앞으로 다가가 탈 준비를 하는 나를 슬쩍 잡는다? 이 열차가 아니란다. 우리는 모든 역을 서는 완행 열차를 타야 하는데, 지금 이 열차는 한 시간마다 오는 급행 열차라 목적지를 지나쳐 버린다는 것이다. 그도 그럴 것이 열차 생김새도 다르다. 이층짜리 차량도 달려있고, 더 크고 길다. 아무튼 혼자였으면 또 이 열차를 타고 멀리

갔다가 돌아올 뻔했다.

'역시 잘 아는 사람이랑 다니니, 덜 헤매는군……'

내 맘과는 달리 이 녀석은 다음 열차가 올 때까지 계속 고민만 하고 있다. 내가 괜찮다고 해도 오타쿠 정신인지, 좀처럼 생각에서 빠져나오질 못하고 있다.

다음 열차에 타는 순간, 나는 일본에 스크린도어가 설치되지 못하는, 적어도 설치가 어려운 이유를 알아채고 말았다.

'아! 알았다!'

너무나 쉬운 답이었지만, 우리나라 경험이 없는 이 녀석은 절대로 풀 수 없는 문제였다. 문제의 답은 표준화에 있었다. 모양이 다른 완행·급행 열차가 섞여 있고, 다른 회사의 열차가 같은 플랫폼을 쓰기 때문이었다. 즉, 플랫폼에 들어오는 열차가 같아야 스크린도어를 설치해도 열차 문과 스크린도어가 맞을 터인데, 여기는 문 개수도 다르고 모양과 길이가 다른 열차가 들어오니 스크린도어 문 위치를 없었던 것이다.

다시 생각을 정리하고 주머니에 있는 휴지에 그림을 그려가며 설명해 주었다. 이 녀석도 그럭저럭 수긍한다. 그래도 의심을 하는지 몇몇 지인에게 문자를 돌리더니 맞

는 것 같다고 이제야 안심한다. 한숨 돌렸다. 스크린도어
의 의문점은 해결되었으나, 질문도 조심해서 해야겠다는
생각이 들었다. 알만한 것을 물어야지. 어쩌면 그들에게
는 당연하게 받아들여지던 것을 내가 한국과 비교하면서
의문을 던지니 당황해하는 것 같다.

목적지에 도착했다.
그날 먹은 라멘은 물론 맛있었다.
성공!

의
인
이

되
다

,

· · ·

1994년 〈굿모닝 팝스〉라는 라디오 프로그램을 자주 들었다. 이른 새벽, 내 아침을 깨워준 오성식 씨의 파워풀한 목소리가 잊히지 않는다. 영어 실력이 늘었는지는 확실하지 않지만, 그분의 말은 내게 큰 영향을 끼쳤다. 외국 생활 무서워할 필요 없다고. 그곳도 사람들 살아가는 곳이니 별반 다르지 않다고 말이다. 특히 '언어에 대한 두려움을 버려라. 억울하고 급한 일이 있으면 영어가 아닌 한국어로라도 소리 지르라. 일단은 표현해야 한다'는 말이 생각난다. 우리보다 우월한 것이 아니라 다를 뿐 그 나라 거지도 하는 게 바로 '언어'라고. 미국 거지는 미국인이라 영어를 할 뿐이라고 말이다. 시간이 많이 흘렀지만, 그 말은 내가 일본 유학을 하는 데도 큰 도움이 됐다.

특히 오성식 씨가 젊었을 때 겪은 유학 시절 이야기가 나에게 큰 힘이 되어줬다. 오성석 씨는 미국 유학으로 영어실력이 오른 것은 사실이지만, 미국에 갔기 때문만이 아니었다고 한다. 그는 늘 새벽에 도서관으로 가 온종일 책만 보고 공부했으며, 친구들을 많이 만나지도 않았다고 한다. 대부분 혼자서 공부를 했기 때문에 절대적인 공부량이 많았으며, 단지 영어를 쓰는 환경, 영어가 필요한 환경에 있었기 때문에 그 노력을 게을리할 수 없었다는 것이다. 그 자신의 노력이 실력향상에 가장 컸다는 이야기이다.

사실 나의 생활도 그렇다. 나도 혼자 책을 찾아보며 연구하고 있으니 말이다. 그의 말처럼 연구해야 하는 환경과 같은 고민을 해줄 그런 친구가 있으니 연구를 게을리 못하는 것이다.

오늘도 지도교수님에게 감동을 줄 연구 테마를 골똘히 생각하고 있다. 빨리 지도교수님에게 내 생각을 말할 수 있으면 좋겠다. 매일매일 혼자 책상에 앉아 연구 주제를 고민하고, 혼자 논문을 찾고, 점심도 혼자 먹다 보면 이게 한국에서 하는 거랑 뭐가 다른가 싶기도 하지만, 어차피 공부는 혼자 하는 거다. 다만, 나는 일본에 왔고 현

지인과 같은 기준으로 평가받고 자격을 인정받아서 돌아가고 싶었다.

연구 테마별, 시대별, 분석방법론별로 분류해 보지만 또 실패! 어떤 사람들은 잘만 정리하던데 나는 이게 참 힘들다.

그런가 하면 따로 분류하지 않고 그냥 논문을 쌓아만 두는 친구들도 있다. 키보다 더 높게 쌓인 논문 꾸러미가 보기엔 하나도 정리가 안 된 것 같은데, 말만 하면 척척 정확한 논문을 뽑아서 내미는 걸 보면 역시 천재들이 많은 시대인 것 같다. 아무튼, 오늘도 어떤 연구를 할지 방향을 정하는 데에는 실패했으나, '방관자 효과'라는 테마 하나는 건졌다.

많은 사람이 모여 있는 축제나 시위 현장에서 사고가 발생했을 때, 사고 피해자를 아무도 도와주지 않아 사망에 이르는 경우가 있다. 언론에서는 그런 사건이 일어나면 주변 사람들의 비도덕적인 행동을 지탄하며 책임을 묻

---

1  방관자 효과: '구경꾼 효과'라고도 하며 주위에 사람이 많을수록 어려움에 처한 사람을 돕지 않고 방관하게 되는 현상

는다. 여론도 상황은 마찬가지다. 그러나 심리학에서는 '주위에 지켜보는 사람이 많을수록 소극적 행동이 일어나는' 방관자 효과로 이러한 현상을 설명하고 있다.

대중들이 도덕적으로 무디고 무책임해서가 아니라, 심리학적으로 일어날 수 있는 인간 행동양식 중 하나란 거다. 즉, 도움을 주거나 신고를 할 수 있는 사람이 많을수록 그에 대한 책임은 개인에게 줄어들어서 결국 아무도 돕지 않고 신고도 하지 않게 된다. 그래서 교통사고나 신체적 위해가 발생한 상황에서 "도와주세요!"라는 말보다는 "거기 교복 입은 학생 신고 좀 해주세요!"라고 말하는 것 같이 특정인을 지목해야 도움을 받을 확률이 높아진다. 돌이켜보면, 나도 길거리에서 대낮에 누군가가 싸움을 해서 사람들이 모여들어도 '누가 알아서 하겠지…….' 라는 생각에 본척 만척하고 지나간 적이 있다.

이 이론을 확장해보면, 위급상황 발생 시 어떻게 행동해야 도움을 받을 수 있는지 알 수 있다. 영화 〈엽기적인 그녀〉에서 전지현이 지하철에서 구토와 알 수 없는 행동을 하고는 정신을 잃는 장면이 있다. 이때 쓰러지면서 차태현을 손으로 가리키며, "자기야"라고 말하고는 쓰러진다. 이는 '감시자 효과'를 극대화할 수 있는 사례인데, 누군가가 지켜볼 때 적극적 행동을 하게 되는 것으로 주변 승객들이 차태현을 남자친구로 오인하게 하면서 도와주도록 만든다. 물론 진짜로 전지현이 쓰러진다면 도와줄 사람이 많겠지만, 그 영화에서는 그렇게 이야기가 전개됐다.

흥미로운 연구 테마를 건졌다는 생각에 맘이 즐거웠다.

머잖아 그 '방관자 효과'를 직접 경험할 일이 생길 줄은 꿈에도 모르고 말이다.

일본에 온지 딱 3주가 되는 날이었다.

한국 친구를 만나고 조금 늦게 집으로 향했다. 술을 많이 마시지 않아서 학교에서 가장 가까이에 있는 네즈역으로 조금은 서둘러 걸음을 옮겼다.

난 아직 일본 교통카드를 잘 사용하지 못했고, 이 역이 어느 곳으로 향하는지 혹은 환승하는 역을 지나치진 않는지 신경을 곤두세워야만 무사히 집에 갈 수 있었다. 표지판도 두서너 번은 확인해야 안심이 됐다.

---

2  감시자 효과: 누군가 지켜보고 있을 때 더 바람직한 방향으로 행동하거나 적극적으로 행동하는 것을 말한다

그것도 모자라 '띠리리리'하고 기차 들어오는 소리가
나면 다시 한 번 더 확인해야 했다.

역사 안은 회식을 마치고 집으로 돌아가는 사람들로
붐볐다. 다들 똑같은 옷을 입고, 아무 말 없이 자기 갈 길
만 가고 있었다. 아무도 주변을 돌아보지 않는다.

발걸음을 재촉했다. 일본 지하철 이용자들은 많이 걷
는 편이다. 우리나라보다 역사가 훨씬 더 넓고, 깊다. 계
단을 계속해서 내려갔다. 바람이 불어 들어온다. 방금 열
차가 지나간 거다.

교외에 거주하는 나는 급행 열차를 골라 타야 하므로
한 번이라도 열차를 놓치면 족히 20분은 승강장에서 기
다려야 한다.

'1분만 빨리 나올걸…….'

그러나 아직은 모를 일. 반대편 열차가 지나간 것일
수 있으니 50%의 기회는 남아있었다. 나는 더 빨리 걸어
아래로 내려갔다.

'아뿔싸.'

내가 타야 하는 반대편 열차 역시 막 떠나가고 있었
다. 이제 급행 열차가 올 때까지 하염없이 승강장에서 기
다려야 한다. 의자에라도 앉기 위해 주위를 돌아보는데

저 멀리서 방금 내린 60대 어르신이 벌써 술에 취하셨는지 비틀비틀 걸어오고 있었다. 방금 지하철이 양방향 모두 떠난 후라 탈 사람들은 모두 타고 떠났고, 내린 사람들도 다 빠져나가 플랫폼에 남아있는 사람은 한 명도 없었다. 방금 열차를 놓친 나 혼자 비틀거리고 위태로워 보이는 어르신을 지켜보고 있었다.

그런데 이게 웬일인가!

어르신의 발걸음이 노란선에서 철로 쪽으로 휘청이더니 발을 헛디디며 플랫폼 아래로 넘어지며 사라져 버린 것이다!

다시 주위를 둘러봐도 그 광경을 본 사람은 나 혼자였다. 큰일 났다. 나는 아직 일본어도 못하는 유학생 신세라 아무것도 할 수 없을 것 같았다. 가슴이 마구 뛰었다. 하지만 나는 교통안전을 전공하는 사람이라 어느 나라건 지하철 안전시설 중 비상벨이 있다는 것을 이미 알고 있었다. 또, 전에 공부한 '방관자 효과'처럼 내가 아무 도움을 주지 않으면 안 된다는 생각이 들었다. 더군다나 주변에 다른 사람들이 있는 것도 아니라서 내가 돕지 않으면 아무도 도움을 줄 수 없어 그냥 지나칠 수 없었다.

'그래. 알고 있는 사람이 실천하지 않으면 무슨 소용

이랴.'

비상벨이 있는 곳으로 향했다. 그러나 생각과 달리 비상벨을 누르기가 쉽지 않았다. 실제로 눌러 본 적도 없고, 괜히 아무것도 모르면서 실수하는 것은 아닌지 걱정됐다. 하지만, 그래도 도와야만 한다. 언제 또 기차가 올지 모르고, 지금 내가 돕지 않는다면 평생 후회할 것만 같았다.

숨을 한 번 고르고 비상벨을 눌렀다.

내가 생각했던 것보다 훨씬 큰 사이렌 소리에 멀리 떨어져 있던 몇몇 승객들의 놀라는 모습이 역력했다.

'실수한 건가? 도망가야 할까?'

그동안 말과 글을 더 익히지 못한 게 후회스러웠다. 하지만 이미 벌어진 일 어쩌랴. 나는 떨어진 할아버지가 있는 곳으로 걸어갔다. 이제는 뒤로 물러날 수도 없다. 플랫폼 안으로 떨어진 할아버지는 두 개의 레일 사이에 대자로 뻗어 정신을 잃고 있었다. 위태로운 상황이었다. 레일 위에 걸쳐서 의식이 없으니 기차가 오면 피하지도 못하고, 심지어 플랫폼이 곡선부에 설치되어서 멀리 있는 사람들은 누가 떨어졌는지 보이지도 않는 자리였다. 내가 아는 일본어는 "다이죠부(괜찮으세요)?"가 다인데, 할아버지는 의식이 없어 그 일본어조차 들을 수 없었다. 비상벨 사이렌 소리가 너무 커 내 목소리를 누가 들어주기도 힘들었다. 나는 어쩔 수 없이 혼자 발을 동동 구르고 있었다. 아마 멀리서 나를 본 다른 사람들은 이상한 사람이라고 생각했을 것이다.

아니, 비상벨이 울리는데 역무원도 안 온다. 뭐 이런 허술한 시스템이 다 있냐? 화가 났다. 나는 CCTV를 향해 연신 손을 흔들어 댔다. 얼마 지나지도 않았는데,

'오 마이 갓!'

멀리에서 바람이 불어오기 시작했다. 그리고 '뺑~' 하는 기차 경적 소리가 났다. 시간이 없었다.

우리나라는 비상벨이 울리면 기차가 역사로 진입하지 않고 정지하지만, 일본도 그런지 알 수 없었다. 거기다 역무원도 없으니 마음이 다급해졌다. 내 눈앞에서 사람이 깔리는 현장을 봐야 할지도 모른다. 난 그런 끔찍한 광경을 보고 싶지 않았다. 교통안전 전문가로서도, 내 인간적 양심으로도 평생 후회할 것 같았다.

아래를 내려다보았다. 할아버지가 정신이라도 들기를 바랐지만, 여전히 의식이 없었다. 이제는 정말 내가 직접 아래로 내려가야 할 것 같았다. 하지만 내가 내려가서 사

고를 같이 당하는 것은 더 큰 문제가 되기 때문에 제일 먼저 나의 안전을 살폈다. 플랫폼 아래 피난을 위한 공간이 있는지 확인하고, 옆에 숨을 공간이 있는 지도 확인했다.

가방과 겉옷을 벗어 플랫폼에 내려놓았다. 내가 뛰어내린 장소를 표시하고, 누군가가 내려갔다는 것을 알 수 있게 하기 위해서였다. 울퉁불퉁한 구조물이 있는 철로에 조심하며 천천히 내려갔다. 발목이라도 접질리면 도움을 받아야 하는 상황으로 변할 수 있었다.


철로로 내려가니 기분이 이상했다.

처음으로 플랫폼 아래 철길 위에서 플랫폼을 바라보게 되었다. 한없이 뻗어있는 철로 위에 내가 서 있었다.

할아버지에게 다가갔는데 덜컥 겁이 났다. 이젠 정말 가까이 있는 사람이 나밖에 없는데, 아무런 인기척도 나지 않았다. 혹시 이미 죽은 건 아닐까? 난 죽은 사람을 보거나 만져본 일이 없기에 너무 당황스러웠다. 하지만 어쩌랴. 용기를 내서 등에 손을 넣고 일으키려는데, 손에 피가 축축하게 묻어나왔다. 낙상환자의 경우 척추 또는 뇌 손상이 있을 수 있기 때문에 절대로 함부로 건드려선 안 된다.

'내가 괜히 잘못 건드려 큰 장애가 생기면 어쩌지?'

나는 다시 할아버지를 눕히고, 우선 손목의 맥박을 잡아보았다. 아직 뛰고 있었다. 살아있다. 벨트, 넥타이를 풀어드리고 혈액순환과 호흡을 도왔다. 이제 더는 혼자 할 수 있는 일은 없었다. '나도 여기서 같이 치어 죽는 건 아닌가?' 하는 생각만 들었다.

이제 몇 명씩 웬 미친놈이 철로에 있나 싶어 모여들기 시작했다. 다들 뭐라고 하는데, 속 타는 내 마음을 알아들을 리 없고, 그들의 웅성거림을 알아들을 수도 없었다. 어르신을 옮길 수도, 들어 올릴 수도, 빠져나올 수도 없는 상황이었다. 역무원은 아직도 보이지 않았다. 멀리 타국까지 와서, 그것도 일본정부 초청 유학생으로 도쿄대에서 공부를 시작하다가 이대로 큰일이 일어나는 것은 아닌지……. 후회가 밀려왔다.

그때 50대로 보이는 시민 한 분이 철로로 내려왔다. 나에게 뭐라고 말을 하지만, 들리지 않는다. 그분은 환자를 옮기려 팔을 잡아당기는데, 나는 순간적으로 그 팔을 잡았다. 일본어로 설명할 수는 없지만 '이렇게 옮기면 더 위험해요'라고 눈빛만 보내면서 고개를 좌우로 흔들었다. 그분은 다시 팔을 내려놓았다. 알아들은 것 같다. 이제는 좀 맘이 놓였다. 여기에 혼자 있는 것도 아니고, 이제 함께할 한 사람이 더 있으니 말이다. 일본에 대한 국민적 감정을 다 떠나서 나는 정말 고맙고 또 고마웠다.

한참이 지나서야 푸른색 정장에 가죽 허리띠 그리고 완장을 찬 역무원이 호루라기를 불며 뛰어왔다. 능숙하게 플랫폼 아래로 내려온 역무원은 매뉴얼을 의식한 듯 일반인들은 모르는 수신호를 하면서 다가왔다. 환자의 상태를 살피고 나와 시민의 도움으로 환자를 플랫폼 위로 들어 올렸다. 바람이 불어오며 열차가 다가오는 것이 보였지만, 역무원과 함께 있으니 더는 두려울 게 없었다.

승객으로서 내가 할 일은 다 한 것 같았다. 역무원과 시민은 위에 있는 사람들의 도움을 받아 올라갔다. 잠시였지만 다시 혼자 남겨진 철로에서 뭔가 테마파크 안 귀신의 집에 홀로 남겨진 듯 소름이 돋았다. 혼자서는 올라갈 수 있는 계단도 없었기에 주춤했지만, 다행히 이름 모를 시민의 도움으로 나도 위로 올라갈 수 있었다. 또 다른 이름 모를 시민은 손수건을 건네주었다. 정신을 차리고 보니 손과 팔 그리고 가슴에 피가 묻어있었다.

나는 아직 마르지 않은 피와 먼지, 얼룩진 손을 닦고,

덩그러니 눕혀져 있는 할아버지를 살펴봤다. 아까 들어 올릴 때 느꼈는데, 양복을 입고 있었지만 속은 앙상한 뼈와 가죽밖에 만져지지 않아서 더욱 측은했다.

이제는 경찰과 구급대원도 도착했지만 나는 계속 그 자리에 있었다. 딱히 더 할 일이 남아있는 건 아니었지만 사고 상황에 대한 참고인으로 진술이 필요할 수 있기 때문이다. 하지만 난 아직 일본어를 제대로 하질 못한다. 뭐라고 뭐라고 하지만 난 알아들을 수 없고, 그들도 더 이상 묻지 않았다.

나는 역무원에게 "집에 돌아가도 되겠습니까?"라고 오늘 공부한 일본어로 묻고는 플랫폼에 들어오는 열차에 올라탔다. 일단 사람을 구해냈다. 경찰 그리고 구급대원도 왔고, 심지어 열차도 정상적으로 운행하고 있으니 내가 할 일은 전부 끝났다고 생각했다. 아직도 이름 모를 시민이 건네주었던 손수건이 나에게 있었지만, 돌려드릴 길이 없어 일단 집으로 갔다.

그날 나는 완전히 지쳐 겨우 샤워를 하고 잠자리에 들었다. 이제 더는 나에게 아무런 일도 일어나지 않기를……

다음 사건은 돌아오는 평일에 일어났다.

월요일 아침. 나는 평소대로 다시 네즈역에 왔다. 지난 금요일 저녁 사고가 생각났다. '그 어르신은 무사하실까? 병원에 금방 갔다면 생명에는 지장 없겠지?' 지상 구간에서 지하 구간으로 들어가는 역사이기 때문에 기차는 서서히 속도를 줄이며 어두컴컴한 터널구간을 지났다.

역사에 들어오니 갑자기 밝아지며 여러 광고와 조명들이 눈에 들어온다. 나는 이제 내가 내렸을 때 가장 가까운 계단이 있는 출구를 알고 있어 여유롭게 그 앞에 서 있었다. 그런데 빠르게 지나가는 광고판 사이로 눈에 익지 않은 새로운 광고가 눈에 띈다.

나는 일본 광고판에 아사다 마오 선수가 꼭 우리나라 김연아 선수처럼 샴푸, 세탁기, 휴대전화 광고에 나오는 것이 신기해서 광고를 유심히 보곤 했기 때문이다.

문이 열렸다. 나도 내려 그 광고가 무엇인지 보기 위해 다가갔다. 그런데 조금 이상했다. 광고가 아니라 무엇인가 주의 또는 경고문구 같다. 짤막한 한자를 읽어보니 분명 지난 금요일 9시경에 일어난 사고와 관련해 소방청과 경찰청에서 사람을 찾고 있다는 내용이다. 가슴이 마구 뛰었다.

'뭐가 잘못되었나? 혹시...?'

오만가지 생각이 들었다. 분명히 나는 좋은 뜻으로 선행을 한 것이라 믿고 있었는데, 뭐가 잘못되었을까? 나 때문에 그분이 혹시 잘못된 건가? 아니면 철도 지체 상황에 대해 나한테 벌금이라도 주려고 하는 건가? 나는 이제 막 적응한 스마트폰으로 조용히 사진을 찍었다. 이렇게 모른 척 증거를 가져갈 수 있어서 다행이었다.

학교로 향했다. 나에게는 지금 나의 입장을 대변해 줄 수 있는 내 편이 필요했다. 내 진심을 알아줄 그 사람은 어디에 있을까? 누구에게 가야 할까? 나는 학교 학과사무실로 뛰어갔다. 왜 이렇게 멀리에 있는지, 야속한 신호등에도 자꾸 걸리고 지나가는 사람들과 어깨도 자꾸 부딪히기 일쑤였다. 연신 "스미마셍"이라 해야 했다.

학과사무실은 아직 텅 비어있었다. 일찍 출근한 직원 한 명만 내 사정도 모르고 커피를 내리면서 콧노래를 부르고 있다. 심지어 화분에 물을 주며 여유롭게 혼자만의 시간을 보내고 있었다.

일과시간 이전에 찾아온 내가 반갑지는 않은 것처럼 살짝 눈길만 주고는 도무지 왜 왔는지 묻지를 않아 답답했다. 일단 급한 내가 먼저 말을 걸었다. 큰일이 벌어졌고, 신중하게 나의 이야기를 들어달라고 요청을 하곤 자리에 앉았다. 물론 나의 간절함이 통했는지 잠시 후 앞자리에 앉아 이야기 들을 준비를 해 주었다.

나는 지난 금요일에 있었던 이야기를 설명하고는, 몰래 찍어온 대자보 사진을 보여주며 왜 경찰이 나를 찾는지 모르겠다고 도와달라고 말을 전했다. 심각하게 듣던 그녀는 괜찮다며 나를 안심시켰지만, 그건 말일 뿐 도무지 맘이 놓이지 않았다.

직원은 사진 속에 있는 전화번호로 전화를 걸었다. 무슨 일이길래 문자가 아니라 전화를 하는 것일까? 전화하는 일본사람은 처음 봤다.

극존칭으로 마치 전화기 너머에 사람이 서로 보이는 듯 고개를 위아래 흔들며 "하이" 또는 연거푸 인사를 한다. 못 알아듣는 말속에 "이 상가, 이 상또…"라는 말이 나오는 것을 보니, 내 이야기를 하는 게 분명했다. 그리고는 잠시 전화를 멈추고 나에게 그 환자분이 어디가 다쳤었냐고 물었다. 나는 등에 손을 넣었을 때 피가 묻었던 기억을 말하며, 아마 머리 쪽이었던 것 같다고 대답했다. 갸우뚱 고개를 흔든다. 뭐가 잘못된 건지 궁금해 미칠 것 같다. 입학 3주 만에 학교에서 잘리나?

나는 한국 대사관에 전화해야 하는지 전전긍긍하고

있는데, 그 직원은 전화를 끊더니 안절부절못하는 나를 보면서 갑자기 깔깔 웃는다. 우선 나쁜 일은 아닌 것으로 보여 마음은 놓였지만, 궁금했다. 왜 그런 건지 그리고 걱정할 것이 아니라면 무슨 일인지……

그녀는 오늘 날짜의 아사히신문을 보여주며, 신문 사설 한 토막을 내밀었다. 이게 글인지 종이인지 까막눈에게 뭘 보란 거야? 갸우뚱하는 내 눈빛을 읽었는지 그녀는 천천히 내용을 설명해 주었다.

내용인즉슨 네즈역에 어떤 60대 노인이 낙상하였는데, 누군가 그 사람을 구하고 홀연히 사라져 지금 그 의인을 찾고 있다는 것이다. 마침 이 학과사무실 직원도 학교 근처 역에서 발생한 사고라서 관심 있게 읽고 있었다고 한다. 그러던 중 내가 헐레벌떡 달려와 자초지종을 설명하니, 그것이 지난 금요일 나의 행동과 관련이 있다는 것을 알고 전화로 확인한 것이었다. 그녀는 얘기하면서도 그 사람이 너였냐는 듯 신기하단 표정이었다.

이 일은 그렇게 나의 지도교수와 학과장, 단과대학장, 부총장, 총장에게 줄줄이 보고되었다.

'아놔 미치겠다.'

사건의 전말은 사실이지만 과장된 부분이 하나 있었

다. 나는 일본어를 잘 몰라서 집에 돌아간 것인데, 이것이 마치 선행을 하고 홀연히 사라진 정말 멋진 의인이 된 것마냥 기사가 난 것이다.

물론 무슨 금은보화나 명예를 위해 그런 것은 아니지만, 의인이라서 몰래 사라진 것은 아니었는데. 그냥 밖에서 보기에는 호연지기로 보였던 모양이다. 민망하기 짝이 없지만, 설명을 안 할 수는 없어 귀찮을 따름이었다.

소문은 계속 퍼지고, 이제는 한국에서도 전화가 오기 시작했다. 한국의 일간 신문사 기자들이었다. 정신 차릴 시간도 없이 사실관계 확인을 위한 질문 세례를 받았다. "제2의 이수현", "지하철 의인" 등의 기사들이 쏟아졌다. 기분이 이상했다. 도대체 기분이 좋은 것인지 나쁜 것인지 알 수 없었다. 그저 심장만 두방망이질 칠 따름이었다.

주변이 어수선해지니 무슨 일을 할 수가 없었다. 한 인터넷 포털사이트에서는 이미 검색어 1순위까지 올라갔다. 한참 동안 친구들과 가족들의 격려 전화와 메일을 받았다.

---

3  도쿄 유학생 이수현(당시 26살) 씨는 신오쿠보역 구내의 선로에 떨어진 남자를 구하러 뛰어들었다가 사망하면서 '지하철 의인 이수현'이라는 이름으로 일본에서 추모받고 있다

나의 행동이 남의 입에 오르내리는 것은 참으로 신경 쓰이는 일이다. 자꾸 되돌아보게 되고, 시선을 살피게 된다. 엊그제까지만 해도 난 그저 평범하게 살아가고 있었는데, 오늘은 인터넷 미담의 소재거리가 되어 난생처음 모르는 사람들의 평가를 받게 되었다. 이때까지도 나는 꿈에서까지 사고를 겪고 패닉에 빠지는 악몽에 시달리고 있었는데 말이다.

계속되는 악몽에 육체며 정신이며 할 것 없이 너무 피곤했지만, 그래도 학교에 가기 위해 집을 나섰다. 이럴 때는 좀 쉬고 싶으나 전문 연구원으로서 업무를 진행해야 했다. 비록 햇병아리 연구원이지만 일본인 석사 1명과 학부생 1명을 고용해 프로젝트를 수행하고 있으니 말이다.

원래 출근길에는 업무 구상을 많이 하지만, 이날은 전날 지인 중 한 명이 보내준 신문 기사 링크를 열어봤다. 일전의 사고 이야기가 미담으로 실린 일간지 신문의 댓글들이었다. 뭐 여러 사람의 격려가 담긴 메시지가 많았다.

그런데 잘 보니 댓글들끼리 싸우고 욕지거리가 오가고 있었다. 잠이 버쩍 깨면서, 더 정확히 보려고 우선 눈을 비볐다. 악성댓글이 있었는데, 먼저 이번 사건이 나의 자작극이란다. 유학 생활에 지치고 연구 성과가 안 나와서 일본 노숙자를 고용하여 일부러 떨어뜨렸다는 일명 "자작극"설이었다. 그 외에도 실제 철로에 간 사람은 다른 사람인데, 누구인지 밝혀지지 않자 내가 했다고 우기니 모두가 믿어줬다는 "봉이 김선달"설, 애초부터 아무일도 없었고 모두 소설을 보고 내가 지어낸 것이라는 "식스센스"설 등등. 저마다 엄청난 추리력을 바탕으로 인과관계를 분석하고, 어떤 분은 일본 신문까지 번역하며 갑론을박을 펼치고 있었다. 심지어는 일본사람을 구한 것은 명백한 친일행동으로 한국에서 영원히 추방해야 한다는 주장도 있었다.

아, 정말 신경 쓰였다.

좋은 댓글은 하나도 안 보인다. 내 기억에 남는 건 오로지 "뒤통수 조심해라", "한국에 돌아오지 마라", "매국노" 이런 말들뿐이었다.

예전에 유명인들이 악성댓글을 무서워한다는 신문 기사를 읽었을 때는 그 사람들이 너무 나약한 거 아닌가 싶었는데, 아주 조금 나도 비슷한 일을 겪어보니 그 심정이 백번 이해됐다. 정말 두려웠다. 어딘가 사라지고 싶었다. 분명 격려의 말이 백 배 많음에도 신경 쓰이는 악플은 그 횟수가 중요한 것이 아니었다. 그래서 사람은 말도 글도 조심해야 한다는 건가 보다.

댓글에 변명할 대상이 있는 것도 아니라서 이 이후론 두 번 다시 확인하려 들지 않았다. 나중에는 일본사람들까지 폭풍 악플을 단다고 기사화 되기도 했다. 더 이상 생각하지 않기로 했다. 그래 그만 잊자. 더 성실하게 더 열심히 살면 된다며 나를 위로했다.

그러나 내가 잊고 살자고 해서 있었던 사건이 갑자기 없었던 일이 되는 건 아니기에 학교에서 나는 사건에 대하여 두어 차례 정도 더 질문을 받았다. 그때마다 나는 즉흥적인 답변을 내놓기에 십상이었다.

그런 질문을 계속 받으면서 나는 내 행동을 철저히 반성하게 됐다. 나쁜 행동에 대한 반성이 아니라, 교통안전 분야를 공부 중인 사람으로서 정말 남다른 면이 있었는지 생각해 보는 것이었다. 운이 좋아서 사람을 구한 것이라면 결코 좋은 미담 사례가 아니다. 잘못 알려지면 더 많은 사람이 위험을 보았을 때 바로 뛰어들어야 한다고 말하는 것과 다름없다.

이번 사건을 전문가의 안목에서 본다면 그냥 배우고 알고 있는 대로 한 것뿐이지 엄청난 위험을 무릅쓴 것이 분명 아니었다. 평소에 사고와 위험에 주의를 기울이고,

비상벨 위치를 알고 있었던 덕이 크다. 비상벨은 우리 주변에 가까이 있지만, 평소엔 인식하지 못하고 지나치기 쉽다. 딱 한 번만 살펴본다면 평생 기억할 수 있을 것인데 말이다.

좀 더 응용하자면, 비상탈출구나 화재 대피 동선도 한 번씩 관심을 가져야 한다. 그리고 사고 목격자의 무한 책임의식이 필요하다. 방관자 효과 이론에 따르면 사고 목격자가 많을수록 사람들은 나서서 도움을 주지 않기 때문에 내가 목격자라면 내가 앞장서서 도움을 줄 용기가 있어야 한다.

다음은 자신의 안전 확보인데, 사람이 물에 빠졌을 때 구하러 들어갔다가 오히려 희생자가 느는 경우가 종종 발생한다는 사실을 간과해서는 안 된다. 나는 위험한 철로로 내려가는 결정을 내릴 때 안전한 장소와 2차 사고를 피할 계획으로 위치를 표시하고 내려갔던 것이다.

이렇게 세 가지의 작지만 중요한 포인트를 마음 속으로 정리하던 차에 학과 사무실에서 연락이 왔다. 총장님의 면담 요청이었다.


나는 지도교수님과 함께 총장실로 향했다. 처음으로

정장도 입었다. 학교에 다니면서 총장님과 면담을 할 이유도 없고, 만날 기회도 없었기에 조금 긴장됐다. 아직 언어도 서툴고, 딱히 일본에서 무엇을 느낀 것도 없는 데다 할 수 있는 이야기도 너무나 소소했기에 어떤 이야기가 오갈지 알 수 없었다.

분명 총장님과의 면담으로 가는 것이니 기다리는 사람도 총장님 한 분일 줄 알았는데, 막상 도착하고 보니 기다리는 사람이 부담스러울 정도로 많았다. 총장, 부총장, 학과장, 교무처장, 외국인 학생 담당 교무처장 그리고 그밖에 일면식도 없는 십 수 명의 사람들과 사진사까지. 부담스럽기 짝이 없었다. 나한테 왜 이러는지 정말 모르겠다.

우리나라 재난 현장에 부처 담당자들이 와서 유가족과 악수하며 사진을 남기듯 돌아가며 악수하고 사진도 쭉 찍었다. 나야 얼떨결에 웃는 얼굴로 사진을 찍고는 자리에 앉았다. 의외로 수수한 차림의 총장님의 첫마디는 어느 나라에서 왔고 어디에 살고 있는지 그리고 요즘 어떻게 지내느냐는 평범한 질문이었다. 나는 대한민국에서 태어나 교통안전 분야를 공부하기 위해 일본에 왔으며, 도쿄 땅값이 비싸 멀리 사이타마에 살고 있다고 전했다. 그래서 지하철에서 하루 3시간 이상 연구를 하고 있다고도 말씀드렸다. 한바탕 웃음이 지나가고, 지하철 사고에 대해 말씀을 시작하셨다.

"어떻게 그런 용기를 내어 사람을 구하려고 했나요?"

"저는 용기 있는 사람이 아닙니다. 배우고 알고 있는 대로 행동했을 뿐입니다. 그날 돕지 않았다면 저는 평생 후회했을 겁니다. 그리고 용기 있는 사람이란 저처럼 앞뒤를 재고 행동한 사람이 아니고 자신의 위험을 알고도 순간적인 판단으로 자신의 몸을 던진 사람들이라고 생각합니다."

"무섭지 않았나요?"

"많이 무서웠습니다. 그래서 저는 저의 안전을 확보하고 구조 활동을 시작했습니다."

"다시 그런 일이 일어난다면 또 구조할 건가요?"

"아, 솔직히 잘 모르겠습니다. 그 이후로 많은 변화가 있어서요. 하지만 이번 사건을 되돌아보면서 세 가지 중요한 생각을 사람들에게 전하고 싶었습니다."

"아, 무엇인가요?"

"첫째, 아주 작은 관심이라도 좋으니 비상벨의 위치를 확인하자. 둘째, 절대로 철로 아래로는 내려가지 말자. 셋째, 내가 위험에 처한 사람을 보았다면 남들 의식하지 말고 내가 책임자로 행동하자입니다."

"이 상은 철로 아래로 내려가지 않았나요?"

"그것은 잘못된 행동입니다. 저는 안전을 확보하고 내려갔지만, 일반인은 그런 정보가 없습니다."

이렇게 이야기가 마무리되었다.

그리고 면담이 끝날 때, 마지막 말씀을 해주셨다.

"다시는 철로에 내려가지 마세요. 이 상의 용기와 선행은 일본 최고의 지성 집단인 도쿄대학의 위상을 높일 수 있지만, 이 상같이 훌륭한 외국인 유학생이 사고를 당하면 더 큰 책임과 질책이 따를 수 있으니까요. 이 상, 일본사람을 대표해서 감사의 말씀을 전합니다."

면담 내용이 전해진 걸까? 이후 한 달간은 지하철 역사에서 비상벨 위치를 확인하자는 캠페인이 진행되었다. 절대로 철로 아래로 내려가지 말라는 홍보 방송도 나왔다. 아무리 생각해도 철로에 내려가는 것은 누구에게도 추천할 수 없는 위험한 행동이다.

나는 일상으로 돌아가 공간통계학 수업을 듣고 있다.

통계학은 내가 관심 있어 하는 과목인 데다가 어디 가서 못한단 소리는 안 들어봐서 자신 있다. 일본은 대학원에서도 연필로 증명하는 방법을 주로 한다. 벌써 $\int$(인티그럴)이 세 개쯤 있는 긴 수식을 적분하고 있다. 여러 가지 치환기법이 있지만, 삼각치환법은 영 까다로운 게 아니다. 살짝 정신이 몽롱해지며, 이제는 교수님이 하는 판서를 무념무상으로 영화 보듯 관람하기 시작했다. 영혼은 가출해버리고 어느새 내가 좀비처럼 되어버린 수업에서 벗어나려면 무엇인가 강력한 외부자극이 필요하다. 머리는 일종의 뇌사상태가 되어 혼자서는 도저히 깨어날 수 없다.

갑자기 휴대전화에 정말 긴 전화번호가 뜬다. 나도 모르게 맘속으로 외쳤다.

'앗 깨어난다.'

다행이다. 알아먹을 수 없는 긴 숫자를 보아하니 누구인지는 확실하지 않아도 국제전화임은 분명하다. 밖에 잠시 나가서 전화를 받기로 하고 조심스레 강의실을 빠져나왔다. 휴대전화를 귀에 대고 전화가 와서 나가는 것을 강사에게 보여주는 센스는 기본이다.

그 즈음 내 인기가 꽤 좋았기에 또 오랜만에 어떤 지인이 아닐까 싶었다.

"여보세요."

"네. 이준 씨 되시나요?"

'에잇 국제전화로도 텔레마케팅을 하나?'라고 생각해 되도록 빨리 끊고 싶었다.

"생명보험사회공헌재단입니다."

"아, 네. 안녕하세요?"

한국에 나의 개인정보가 유출되어 무엇인가 요구할 수 있기 때문에 조심해야 한다. 약간 경계하며, 조심스레 어찌 연락처를 알고 전화하셨는지 여쭈어보았다.

'통장번호는 안 알려줄 거다.'

라고 다짐하면서.

그분은 내게 지인을 통해 연락처를 전달받았으며, 올해 언론에 보도된 사회공헌이 인정된 분을 대상으로 자기네 재단에서 시행하는 사회적 의인 발굴사업을 통해 사회적 의인으로 선정됐다고 전달해주셨다.

의인이란다. 정말 부끄러워 이제는 숨고 싶을 정도다. 당연히 첫마디에 "저는 그런 자격이 없습니다"라고 거절했다. 의인이란 단어는 정말로 내게 어울리지 않아서였다. 고도의 위험을 감수하고 사고에 뛰어든 게 아니라 단지 배운 사람으로서 배움을 실천했을 뿐인데, 이건 좀 과한 것 같았다.

내심 이렇게 거절도 할 수 있는 나 자신이 좀 대견했다. 그러나 내게 전화를 주신 그분은 한사코 거절하는 나를 설득하고 또 설득했다. 이 사업은 단지 매스컴을 탄 의인들을 치켜세우기 위해 하는 사업이 아니며, 이를 통해 사회적 차원에서 선한 영향력을 확산시켜 세상을 더 밝고 긍정적으로 만들기 위함에 있다고도 말씀하셨다.

결국, 나는 약간의 우여곡절 끝에 2010년 대한민국 사회적 의인으로 선정되었다.

사회적 의인으로 선정되고, 그 일이 또 기사로 실렸다고 해서 내 생활이 달라지진 않았다. 난 여전히 매일 우동가게에서 소바를 먹었고, 저녁에는 친한 사람들과 맥주 한잔을 했다. 또, 가끔 지하철을 잘못 타서 먼 길을 돌아 집에 갔다.

달라진 점도 있다. 이제는 지하철에서 집까지 가는 약 40개의 전철역 이름도 순서대로 외울 수 있게 되었고, 열차 내에서 나오는 여러 가지 안내 음성도 거의 다 외웠다. 일본어 회화는 못 하지만, '이번 역은 오른쪽입니다' 또는 '열차가 다가오니 노란색 안전선 밖으로 이동해주세요' 등등 소소하지만 중요한 것들은 익힐 수 있었다.

응원과 칭찬을 아낌없이 보내주신 모든 분께 감사드리지만, 앞으로 갚아야 할 것이 더 많았다. 난 이제 유학 2개월 차에 불과했는데, 정말 초반부터 다이나믹한 유학 생활이 아닐 수 없었다.

제법 괜찮은 연구

,

. . .

　지금이야 '그래 이것도 운명이었던 거지' 하며 웃을 수 있지만 사실, 천문학자를 포기하고 선택한 학부 생활로 유학을 오기 전까지는 많이 위축되고 힘들었다. 그렇지만 지금은 그 덕분에 모든 것이 바뀌었고, 이렇게 일본으로 박사학위를 따러 올 수 있었으니 현재에 집중해야 한다는 생각이 들었다.

　그러면서 내 고민은 시작됐다. 내가 전공한 교통공학에는 신호등 설계, 기하구조 설계, 교통안전 등 여러 분야가 있다. 그중 교통 분야는 대부분의 연구에서 자동차가 주인공이었다. 신호등도, 고속도로도 말이다. 우리나라 교통안전 분야에 종사하는 사람 대부분이 미국 유학파였기 때문에 미국과 마찬가지로 우리나라도 '자동차' 중심의 교통 및 도시설계가 진행되었던 탓이다.

그러나 나는 남들 하는 대로만 하고 싶지 않았다. 그래서 자동차가 아닌 인간 중심의 교통 분야 연구를 하기로 맘을 먹었다. 남들이 안 한다면 더 가능성 있고, 내가 할 수 있는 역할도 더 있을 거라는 생각에서였다. 게다가 자동차는 이미 너무 오랫동안 연구가 되어서 레드오션인 반면 인간 중심의 교통 연구는 아직도 개척할 분야가 많은 블루오션이라고 생각했다.

어차피 연구가 많이 없으니 문헌 고찰할 때도 쉽고, 조금만 노력해도 최초의 연구가 될 것만 같았다. 적어도 내가 본격적으로 연구를 시작하기 전까지는 말이다.

전략적인 접근이 필요했다. 그러기 위해 나는 일본의 특수성을 찾아내 연구에 접목시키고 싶었다. 며칠을 궁리했다. 일본 하면 떠오르는 게 무엇인가? 지진, 해일 즉, 재난 분야다. 재난과 안전 문제는 일본의 현안으로 다른 나라보다 월등히 많은 연구자가 있지 않은가? 노하우와 사례를 가장 많이 가지고 있는 나라이기도 하고 말이다. 그러니 이곳에서 재난 안전 분야를 연구한다면 제대로 배울 수 있을 것 같다는 확신이 들었다. 즉, 이곳에서 배울 수 있는 강점을 내가 하고자 마음먹은 인간 중심의 교통 연구 분야에 적용해 보기로 했다.

심사숙고한 끝에 나의 연구 범위를 조금 좁힐 수 있었다. 교통 분야에서 일본의 방재기술을 접목한 보행자 중심의 연구는 명실상부하게 '피난'이라고 생각했다. 따라서 나는 사람이 빠질 수 없는 피난 분야를 해보자고 결심했다.

피난 분야는 일본 최고의 안전 방재기술을 가지고 교통 분야에 적용하는 것으로 건축물 내부에서의 피난부터 대규모 종합경기장의 피난 문제까지가 그 영역이 된다. 나아가 '두려움에 따라 나타나는 인간의 본능적 행동'까지 다룰 수 있다.

나는 '방재교통'이라는 신분야를 명명하고 구체화했다. '교통안전'이 안전띠, 표지판, 기하구조 등을 연구해 차 사고 등 통행 자체의 문제점을 해결하는 분야라면, '방재교통'은 재난 상황 속에서 교통의 수송기능을 유지해 소방차, 앰뷸런스 등 긴급차량이 신속하게 이동하기 위한 전략을 연구하는 분야라고 생각했다.

내가 하고 싶은 연구에 일본 학계의 최대강점인 피난과 대피를 접목시켜 나만의 분야를 개척해 나갈 생각에 가슴이 뛰었다.


중세시대 전쟁 영화를 보면 엄청난 규모의 전투 장면

이 나온다. 수백 수천 아니 수만 수십만의 전쟁 영웅들이 칼을 들고 소리치며 서로에게 달려들고 뒤엉키며 전쟁이 시작된다. 웅장한 규모의 전쟁 장면을 보면 어느새 나도 상상 속의 주인공이 되어 악의 무리를 하나하나 처단하고 있다.

그런데 재미있는 게 있다. 영화를 보는 그 누구도 이렇게 많은 엑스트라를 어떻게 고용한 것인지 궁금해하지 않는다. 당연히 CG라고 생각하는 것이다. 이제 사람들은 영화의 일부 영상이 CG로 표현되는 것쯤이야 더욱 웅장하고 그럴듯한 표현을 위해 필수라고 생각한다. CG 기술이 도입된 초창기와는 달리 '우~'하고 달려드는 모습이 참 현실적으로 발전해 놀라울 따름이다.

이런 전쟁 장면에서 현실적인 모사가 가능한 것은 무엇 때문일까? 바로 컴퓨터 그래픽 기술이다. 이 기술로 사람들의 표정과 손동작의 디테일을 잘 잡아 표현할 수 있는 것이다. 이제는 실사 배우와 모사된 캐릭터가 구분이 안 될 정도다. 한때 큰 이슈가 되었던 영화 〈아바타〉를 보고 어떤 사람들은 현실로 돌아오지 못하고 그 속에 머물러 한참 동안 살았다고 할 정도이니 말이다.

전쟁 영화나 그와 관련한 그래픽이 내 연구 테마는 아

니지만 내가 하고자 하는 연구와 분명 관련이 있다.

전쟁 영화는 수만 전사의 움직임을 생생하게 표현하기 위해 사람들의 보행심리와 이동 특성을 반영해 대규모 군집이동이 어떻게 이루어지는지 연구한다. 이러한 측면에서 전쟁 영화는 내 연구 분야와 관련이 높아 보인다. 몇몇 연구보고서는 이미 이런 영화 장면을 시뮬레이션한 것이 발표되기도 했고 말이다.


연구 방향도 잡았겠다, 관련 영상물도 좀 봤겠다, 이제 정말 본격적으로 연구를 시작할 일만 남았다. 그렇게 생각하고 맘을 놓고 있는데 어느 날 중국인 친구가 내게 다가와 물었다.

"이 상, 너는 왜 공부를 하니?"

'아니 이 친구 혹시 아무 생각 없이 이 길을 가고 있는 건가? 아니면 나한테 그럴듯한 이유를 듣고 싶은 건가? 역시 고민이 많구나.'

조금 애처로웠다. 나이가 무슨 상관이 있겠냐마는, 그래도 병역의 의무가 없는 중국인이기에 나와 같은 과정을 밟고 있지만 나보다 5살이나 어리다. 그래서 그런지 이 친구는 인생 선배인 나에게 짧은 조언을 얻고 싶어 하는

것 같았다. 중국 대입 시험에 전국 1등을 하고, 수학올림
피아드 대회에서 메달까지 보유한 수재인데도 말이다.

그래도 어려운 주제를 먼저 꺼내줬으니, 잠시 책을 덮
고 옆에 비어있는 의자에 잠깐 앉으라고 했다. 나의 이야
기가 속 시원한 해결책이 되어주진 않겠지만 그래도 성심
성의껏 이야기를 들려주고 싶었다.

조심스레 입을 열었다.


나는 연구가 좋았다. 중·고등학교 때 지겹게 했던 공
부와는 조금 달랐기 때문이다. 명석한 머리로 공부를 잘
해서 높은 수능점수와 내신으로 국내 최고의 대학을 나
오진 않았지만, 주변의 내 동급생들 누구보다도 오랫동
안 공부하고 있다. 초·중·고 과정까지 합치면, 한 20년은
공부하고 있다. 20년이다. 무협지로 치면 아마 〈판관 포
청천〉의 전조와 같이 초고수가 되어 그 누구도 범접할 수
있는 상대가 없을 정도로 내공이 쌓일만한 긴 세월이다.
그러나 난 아직도 고수가 되기는커녕 수련생이다.

공부가 재미있냐고 묻는다면, 그건 아니다. 다만 연구
에 필요한 과정이라서 게을리할 수 없는 것이다. 어른들
이 익히 말씀하신 것처럼 열심히 배우고 익히다 보면 그

능력이 배가될 것이라고 믿고 있다.

내가 박사과정을 밟기로 마음먹은 것은 대학교 4학년 때 학부 논문을 쓰면서다. 그 이후로 학사, 석사 그리고 박사과정을 하면서 학위의 의미를 찾으려 고민했다.

학위가 목표가 아니기에 더 깊게 고민해야 했다. 목표가 그저 학위뿐이라면 그만큼 허무한 것은 없을 것이다. 운전에 도전하는 것은 여행이나 다양한 곳을 다니기 위해서지 운전면허증 그 자체에 목적이 있는 게 아니듯 말이다.

나에게 '연구하다'라는 행동은 학부과정 말에서야 할 수 있었다. 그때 졸업 논문이라는 새로운 세계를 접하게 되었다. 논문을 쓰는 과정은 지금까지의 공부와 달랐다. 책을 읽고 암기를 하고 교수님의 말씀을 잘 듣고 그 의도에 맞는 답을 써나가는 것이 진정한 공부라면, 나는 나쁜 머리를 탓하며 공부와는 또 멀어졌을 것이다.

그러나 논문은 달랐다. 오히려 책을 읽고 이해하는 것이 아니라, 믿어왔던 그 책의 내용을 비판하고, 세상에 널려있는 많은 정보 중에서 나와 같은 생각을 하는 사람과 반대의견을 가진 사람들을 찾아 다시 재해석해 보는 것이었다. 이때 그 재해석은 온전히 나의 것으로 교수님의 의견과 배치되어도 환영받을 수 있었다. 처음으로 나만의 세계를 내가 펼치고 싶은 그대로 펼칠 수 있었다.

이런 부분이 연구의 묘미가 아닐 수 없다. 모든 정보를 삐딱하게 보는 사회 불만 세력이 아니라, 합리적 판단에 근거한 정말 건전한 비판이니 말이다. 여기서 합리적 판단이란 사회적 합의를 이끌 수 있는 사실과 인과관계의 규명을 포함하고 있다.

한 가지 더 매력적인 부분이 있다. 젊은이(언제까지가 청춘인지 모르지만, 나에게 열의가 남아있는 그 순간까지는 나이와 관계없이 나는 청춘이다)의 호기심과 그에 따른 발견이 마중물이 되어 모두가 의심 없이 믿었던 명제가 뒤집히거나, 누구든 작은 아이디어로 복잡한 문제를 푸는 해법을 찾아갈 수 있다는 점이다. 물론 노벨상을 받을 만큼의 업적을 목표로 하는 것은 아니지만, 그 만큼의 열정을 태울 수 있는 일을 하면서 살아갈 수 있다면 얼마나 좋을까? 나는 이 매력에 지금껏 '연구'를 하고 있다.

그래서 공부와 연구는 나에게 너무나 다른 세상이었다. 나는 비판과 자유로운 상상이 가능한 연구가 좋았고, 그 연구를 충실히 해내는 데 필요한 공부는 기꺼이 받아들일 수 있었다. 이 세상 모든 사람이 자기가 좋아하는 것을 위해 인내한다면, 그 과정을 귀중히 여기고 좀 더 진득하게 감당할 수 있지 않을까?

우리는 꿈에 관한 질문과 왜 그 꿈을 위해 지금 이렇게 멀리 돌아가야 하는지 이야기를 나누었다. 제법 그럴듯한 이야기를 전한 것 같아 좀 더 힘을 내어 나의 생각을 덧붙였다.

나는 학부과정, 석사과정, 박사과정에 명확한 차이점이 있다고 생각한다. 학부과정에서는 전공을 이해하기 위해 기초지식과 교양을 쌓게 된다. 내가 생각하는 최고의 학부생은 자기 전공이 무엇인지를 확실히 알고, 문제점이 발생하였을 때 세상에 있는 여러 정보를 정확히 수집해서 해결책을 내놓을 줄 아는 것이다. 이런 과정을 겪으면서 학부 1학년 때 그 어렵던 리포트가 4학년이 되면 훨씬 쉬워지고, 어디에 어떤 정보가 있는지 머릿속에 어느 정도 구상할 수 있게 된다.

석사과정은 조금 다르다. 이제 세상에 나와 있는 정보들을 어느 정도 알고 있다는 명제가 깔린다. 다만 주어진 많은 문제점을 기존의 지식만으로 해결할 수 없기 때문에 좀 더 새로운 안목으로 해석하고 해결을 위한 나만의 방법론을 만들어야 한다. 아직 완벽하지 않지만, 세상에 주어진 문제점들을 해결해 가는 과정을 훈련하는 것이다. 어려운 문제점들을 어떻게 풀어가야 할지 또는 어떤 방법론이 있는지 이해하는 단계라고 생각한다.

그럼 박사학위란 무엇일까? 뭐 다양한 의견들이 분분하다. 아마 많은 사람이 박사과정으로 고민하는 만큼 많은 질문이 있었기 때문일 것이다. 우리가 흔히 말하는 박사, 'Ph.D.'라는 것은 'Doctor of Philosophy'의 약자이다. 왜 철학박사인가? 학문의 시작이 철학이기 때문에? 그것도 맞겠지만, 나만의 해석을 해보고자 한다.

박사가 학사, 석사와 가장 차별화된 점은 예상되는 문제를 간파하는 능력에 있다. 즉, 학사나 석사의 역할이 주어진 문제점을 해결하기 위한 능력을 갖추는 것이라면, 박사는 본질을 꿰뚫는 안목으로 보이지 않는 문제점과 대응방안이 나와야 한다. 그것이 박사의 중요한 역할인 셈이다.

다시 말해, 사회와 자연을 바라보는 자신만의 철학이 필요하다. 이러한 철학의 잣대로 바라볼 때 비로소 아직 보지 못한 문제점들을 찾아볼 수 있다.

물론 사람의 머리로 기존에는 발견하지 못한 문제를

발견하기 위해선 많은 시간이 필요하다. 간혹 한 시대에서 다른 시대로 넘어가서야 기존의 패러다임을 뒤집는 사고의 혁명이 일어나기도 한다. 게다가 첨단기술의 발전 속도는 이미 평범한 사람이 습득 가능한 한계속도보다 앞서 있기 때문에 언제나 새로운 지식보다 연구자의 정보가 늦을 수밖에 없다.

하지만 현명한 연구자라면 그저 새로움을 위한 새로움의 추구가 아닌 현실을 꿰뚫는 철학적 안목으로 세상을 볼 수 있어야 한다고 생각한다.

나는 완전한 전문 연구자가 되기 위해 그런 과정을 겪어내고 있다. 이를 위해 학위과정에 대한 목표를 되돌아 볼 필요가 있다. 우리는 머나먼 여정으로 항해하는 중이므로 온갖 어려움과 위기가 닥쳐올 때도 길을 잃지 않기 위해 확고하게 방향을 잡아야 한다는 사실을 이 친구도 알았으면 했다.

한참 동안 이야기한 우리는 붉게 물든 하늘을 보며 연구실을 나왔다. 후배가 커피 한 잔 대접한다는데, 슬쩍 내가 카드를 내밀었다. 짧은 실랑이를 하다 결국 내가 이겨 기분 좋게 커피 한 잔을 마셨다.

며칠이 지나 나는 시부야 교차로에 있는 스타벅스에서 커피를 마시고 있자니 그날 중국인 친구와 나눈 대화가 생각났다. 나는 그날 사람이 많이 모인다는 신주쿠에도 가보고, 대형 횡단보도로 유명한 시부야역에도 갔다. 내 연구주제를 사람으로 잡았으니 우선 사람을 관찰하기 위해서였다.

몇 차례 이 두 곳을 방문하다 좋은 관찰 장소도 알게 됐다. 신주쿠역의 고가사다리 위는 역이 한눈에 내려다보여서 사람들을 관찰하기 좋다. 그리고 이곳 스타벅스는 2층에서 창문 밖을 내려다보면 신호등 색깔에 따라 횡단보도 앞에 멈춰 서거나 길을 건너는 사람 무리를 볼 수 있다. 참 신기하다. 이렇게 저렇게 파란불이 들어오면 차량이 멈추고 어디서 나타났는지 모를 사람들이 우르르 길을 건너니 말이다. '다들 어디로 가는 중일까?', '이 중에 한국 사람은 있을까?', '저 사람 옷차림은 참 일본답다' 온갖 잡생각을 한다.

관찰할 땐 좀 멍하니 특별한 목적을 두지 않고 그냥 자유롭게 생각이 흘러가게 놔두는 편이다. 평일 낮 카페 창가에 느긋하게 앉아서 영문 전공서적 한 권과 노트북 그리고 카메라를 올려놓고 한참을 내려다봤다.

'항상 상황이 다른 이런 많은 사람을 관측해서 무엇을 얻을 수 있을까?'

이래서 사람 연구가 힘든가 보다. 사람이 아니라면 실험이라도 하는데, 사람은 그 존재 가치가 너무 높아 내가 실험을 하거나 통제할 수 없는 대상이니 말이다. 고민도 생각도 다양한 사람들이 지금 이곳에 모여 움직인다는 행동은 비슷하다는 게 흥미롭다. 물론 행동 속 이유는 내가 상상하기 힘들 정도로 복잡하겠지만.

그렇지만 그 복잡함 속에서 근원이 되는 본질을 찾아내고 싶다. 뉴턴도 사과가 나무에서 떨어지는 것을 보고 만유인력의 법칙을 찾아냈고, 아르키메데스도 넘치는 목욕탕 물을 보고 유레카를 외치지 않았는가? 간절한 마음으로 계속 지켜봤다.

'시간을 버리는 것이 아니다. 개구리는 높이 뛰기 위해 더 움츠린다.'

그런 생각으로 자신을 다독이며 사람들을 계속 보고 있자니 조금 징그러운 생각마저 든다. 이리저리 검은 머리의 일본사람들이 우르르 몰려다니는 것이 마치 개미 떼 같다는 생각. 어린 시절, 개미집 앞에서 일개미들이 열심히 먹이를 나르던 모습을 지켜본 기억이 난다. 어떤 무리는 자기 몸보다 더 큰 먹잇감을 번쩍 들고 집으로 향하고, 다른 무리는 먹이를 찾은 방향으로 또 나가며 자기들의 고속도로를 만들었던 기억. 장난기가 발동해 옆에 아무렇게나 버려진 나뭇가지로 그 길을 망가뜨리거나 큰 돌을 올려놓으면 우왕좌왕 당황하다가도 곧 다시 길을 찾아가는 개미들을 보고 참 신기해했던 기억.

"개미 떼, 맞다. 개미 떼!"

사람의 행동을 실험할 수도 없지만, 사람의 행동을 일반화하고 분류하기는 더 어렵다. 하지만 개미 떼라면 다르다. 즉, 보행이라는 행동이 인간이 가지는 본능적인 행동과 관련이 있다면, 그 행동을 동물을 통해서 관찰해 미루어 짐작해 볼 수 있을 것이다. 사람 연구는 제약이 크고 경우의 수도 너무 많지만, 동물 행태라면 지금까지 많은 연구가 진행되었을 것이고 어렵지 않게 실험도 할 수 있을 것이다.

'아 떨린다. 혹시 세계 최초의 발견이 아닐까?'

나는 설레는 맘으로 도서관으로 달려가 동물 행태학, 생태학 등의 책들과 논문들을 검색했다. 물론 비슷한 연구들은 존재하지만, 동물의 행태로 사람의 보행을 설명하는 연구는 아직 많이 없었다.

　내가 시부야와 신주쿠역을 몇 번이나 왕래하면서 사람들을 관찰했음에도 아무것도 발견하지 못한 이유를 깨달았다. 무작정 보면 뭐가 보이겠는가? 행태에 관한 관찰을 할 때는 목적이 있어야 하는데, 이때껏 내가 한 조사는 '그냥 바라보기(관찰)'였던 것이다.

　행태학 관련 기본 서적을 통해서 드디어 관찰 목적을 정할 수 있었다. 동물들에게는 먹이를 찾는 행동, 포식자로부터 도망가는 행동, 생식 행동, 수면 행동 등등 어느 정도 범주가 있다. 그중 나에게 필요한 것은 먹이를 찾아가는 행동쯤이 아닐까?

　가령 지금까지 물고기의 행동을 분석한 여러 연구에 따르면 떼 지어 다니는 물고기의 깡패 같은 행태가 포식자를 기만하기 위한 굉장히 지적인 행동이라고 여겨졌다. 그러다 최근에서야 바깥쪽에 있으면 포식자에게 죽을 확률이 높기 때문에 가운데로 들어가려는 이기적 본능 행동의 결과로 보인다는 연구 결과가 나왔다. 포식자로부터 살아남기 위한 물고기(Fish)의 이기적(Selfish)인 본성이란 것이다.

　내친김에 펭귄의 무리활동을 관찰한 연구도 찾아보았

다. 이 연구에서는 펭귄이 단독 행동을 삼가고 무리 속에서 움직이는 이유를 확률적으로 자신이 죽을 가능성을 낮추기 위해서라고 설명하였다.

이 정도면 일반적인 보행행태는 먹이를 찾는 행동으로, 대피와 피난 행동은 포식자로부터 살아남기 위한 본능적 움직임으로 염두에 두고 관찰하면 좋을 것 같다.

다시 카메라를 들었다.

목적지는 전과 같은 시부야 스타벅스. 오늘은 목적이 뚜렷하니 커피값이 아깝지 않을 것이다. 삼각대에 카메라를 설치하고 한 시간 동안 영상 촬영을 했다. 이 영상으로부터 뭔가를 뽑아야 했다. 프레임 단위로 정밀하게 관찰했다. 0.1초가 한 프레임이니 1초에 10장의 사진으로 동영상이 쪼개진다. 60분 동안 찍었으니 3,600초, 3만 6천 장의 이미지를 확인해야 한다. 길고도 긴 데이터 구축의 단계이다. 단순 작업의 끝판왕이라고나 할까?

잠도 못 자고, 한참 동안 충혈된 눈으로 모니터만 바라보았다.


인간의 복잡성을 인정하고 다양성에 집중하는 기존의 사회과학 연구와 달리 보행 행태를 동물의 행동과 연결 짓는 나의 연구는 인간의 행동을 단순화하여 행동이 아닌 환경의 복잡성에 집중했다. 즉, 인간 개개인의 특성으로 변하는 작은 행동의 차이보다 여러 다른 환경에서 일반적으로 관측되는 개인들의 평균적인 행동 특성에 관심을 갖는 것이다. 재난 발생 시 인간의 피난 행태를 설명하는 연구로 일본에서는 "THREE STEPS OF WALKING BEHAVIOR DEPENDING ON THE SITUATIONS: MARCH 11$^{TH}$, GREAT EARTHQUAKE IN EAST JAPAN(2010)"으로, 한국에서는 이를 좀 더 발전시켜 "재난 상황에서 긴급대피 시 피난자의 본능적 행동 고찰: 인간과 동물의 본능적 보행 행동에 대한 비교연구(2012)"로 발표되었다. 이 논문은 우수성을 인정받아 2010년 도쿄대학으로부터 젊은 연구자상(Young Research Award)을 받았다.

연구 결과, 난 세 가지 피난 행동 특성을 정의하였다. 재난 시 인간은 위험으로부터 도망가기 위해 혼자 떨어져 행동하는 대신 몰려다닌다. 마치 펭귄의 사회활동과 같은 이 현상을 나는 인간의 "Penguin Effect"라고 해석하였다. 또, 물고기가 포식자의 위협에 피난하지 못하고 망설이게 되는 데서 "Tizzy Effect"를, 개구리가 뱀을 만났을 때 도망가지 못하고 그 자리에서 얼어붙어 버리는 데서 "Freezing Effect"를 도출하였다.

기존에 피난이 개시되면 모두가 피난을 동시에 시작할 것이라는 큰 명제 일부를 뒤집는 결과였다. 이렇게 새로운 아이디어가 샘솟을 때마다 연구 논문을 지속적으로 발전시켜나갔다. 지금 이 논문은 발전에 발전을 거듭해 "방사능 사고 발생 시 피난 대피 시뮬레이션(2021)"으로 개발 진행 중이다.

이 세상 모든 사람이
자기가 좋아하는 것을 위해 인내한다면,
그 과정을 귀중히 여기고
좀 더 진득하게 감당할 수 있지 않을까?

일상을 침범한 재난

,

...

    나는 자기계발서를 즐겨 읽는다. 물론 자기계발서는 나름의 성공을 이룬 사람들이 그들의 자랑을 늘어놓거나, 성공했으니 결과를 가지고 과정을 합리화하는 경우가 많기 때문에 나름 반항적으로 살고 있는 나에게는 잘 와닿지 않는 게 많다. 그렇지만 적어도 힘이 빠지는 일이 생기거나 고민이 있을 때 용기를 잃지 않도록 나를 잡아주는 깨우침이 있는 것도 맞다.

    이렇게 이야기하면 굉장한 다독가로 오해받고는 하는데, 사실 나는 책을 읽는 것보다 그림과 소리가 있는 영화를 더 좋아한다. 그러니 오늘은 오랜만에 영화를 시청하며 혼자만의 시간을 보낼 생각이다.

    때려 부수는 액션보다는 뭔가 위기를 극복한 감동적인 영화가 없을까? 자기계발서처럼 그런 영화에서는 배울 점이 많으니까. 채널을 이리저리 돌려보다가, 우연히 〈127시간〉이라는 영화가 눈에 들어왔다. 멋진데? 정해진 시간 안에 뭔가를 한다는 것을 보니 흥미가 갔다. 거기다 '감동실화'라는 문구를 보니 주인공의 삶을 살짝 엿보고 싶은 마음이 든다.

하지만 등장인물이 주인공 한 사람에, 잔잔하게 시작한 영화는 조금 김이 빠진다. 그래도 5,000원이나 투자한 영화인데 본전 생각 때문에 어쩔 수 없이 계속 볼 수밖에 없다.

'무슨 자기계발이냐, 그냥 때려 부수는 액션 영화나 볼 걸……'

그러기도 잠깐, 주인공이 위기에 봉착하면서 영화가 흥미진진해졌다.

늘 사고와 재난에 관심 있는 나는 어느새 주인공이 처한 위기에 몰입했다. 캐년에 홀로 등반을 나섰다가 떨어진 암벽에 팔이 짓눌려 고립된 주인공이 가족과 친구들을 다시 보기 위해 고난을 극복한다는 내용이 감동적이면서도, 주인공이 안전의식 하나 없이 무리하게 행동해 그런 안 좋은 상황에 부닥친 것이 보는 내내 답답했다.

나는 생활 안전 분야에서 통신의 중요성에 대해 강조

하는 편이다. 위험한 곳에 가는 도전의식은 개인의 성향이라 할지라도 사고 시에 이용할 수 있는 통신장비를 챙기지 않거나, 자신이 어디에 가는지 지인에게 알리지 않는 것은 자만이다. 아직 주인공이 살아있다면, 적어도 자신의 위치와 사고 시 대처할 통신수단 정도는 꼭 챙기라고 조언해주고 싶다.

그런데 이 영화를 보게 된 것이 운명의 예견이었을까? 다음 날 나는 엄청난 일을 겪게 됐다.


우리 연구실엔 약 30명의 사람이 있다. 평소엔 사람이 가득하지만, 이날은 이상하리만치 사람이 없었다. 나보다 한 살 많은 조교 한 명과 공용 소파에 누워 낮잠을 자고 있는 석사생 한 명이 연구실에 있는 인원의 전부였다.

내가 생각하는 나의 덕목은 '성실함'이다. 그래서 나는 텅텅 빈 연구실 상황에도 개의치 않고 하던 대로 묵묵히 자리를 지키며 시뮬레이션 코드를 짜고 있었다.

처음 듣는 사람들은 잘 모르겠지만, 컴퓨터 코드를 짜는 일에는 묘한 재미가 있다. 지루해하는 사람도 있지만 적어도 나는 그렇다. 컴퓨터 프로그램 언어란 컴퓨터와 대화를 하는 것이다. 나는 내가 표현 하고 싶은 가상의 사람들을 무한한 평면 위에 놓아두고, 오른쪽 왼쪽으로 움직이며 사람을 마주치면 어떤 규칙으로 회피할지, 어느 방향으로 움직일지 현실과 유사하게 모사하여 설득력 높은 모델을 만들려고 하고 있다.

이를 위해 순서도에 근거해 인간의 판단 순서와 의사결정 과정을 가정하고, 상호작용 속에서의 움직임을 모니터링하였다. 이런 개개인 수십만 명이 함께 움직인다면 어떤 움직임으로 나타날지 모사하는 것을 통해 위험한 장소를 예측해 볼 수 있다. 컴퓨터는 명령어가 모순되거나 자신의 역량을 넘지만 않는다면 꼭 실행해준다. 내가 생각하는 움직임이나 결과가 안 나온다는 것은 나와 컴퓨터 사이에 대화의 오해가 있거나, 논리적으로 앞뒤가 맞지 않은 것이다. 그래서 생각의 과정을 되짚어 보면서 오류를 찾아가야만 한다.

조금만 집중하면 시간 가는 줄 모르고 컴퓨터 연산 과정에 빠져들게 된다. 감정은 사라지고 기계적인 판단을 하게 된다. 기계와 내가 조금씩 더 닮아 간다. 매우 재미있다. 내가 명령한 대로 잘 따르니 내가 잘만 지휘하면 세상에 무엇이든 가능하게 해주는 것이 이 기계이다. 난 점심도 거르고 작업에 몰두하고 있었지만, 정신은 그 어느 때보다 또렷했다. 주의의 어떤 소리도, 심지어 숨소리조차 안 들릴 정도로 오직 자판 소리로 컴퓨터와 진지하게 대화하고 있었다.

그런데 갑자기 의자가 흔들렸다.

또 지진인가보다. 일본은 하루에도 몇 번씩 지진이 나기 때문에 기분이 좋지는 않지만 대수롭지 않았다.

모니터가 흔들거리더니 앞으로 넘어졌다.

'아니?'

보통이 아니다. 최근 들어 가장 심한 지진인가보다 했다. 그런데 진동은 멈추지 않고 계속 강해졌다. 천장에 매달린 형광등이 흔들거리더니, 책꽂이에서 책들이 쏟아지고, 책장이 넘어졌다. 불안감이 엄습했지만 어찌해야 할지 몰랐다. 그때 갑자기 내 앞에 있던 조교가 일어나더니 출입구를 열면서 나에게 책상 아래로 들어가란다. 일본사람인 그도 매우 놀란 목소리로 버럭 화를 낸다. 소파에서 잠자던 학생도 부스스 나와서는 책상 아래로 들어갔다. 나도 선택의 여지가 없었다. 이런 상황을 경험해 본 것도 아니고, 그냥 시키는 대로 책상 아래로 들어갔다. 내 책상 위의 책들과 자료들이 우르르 쏟아졌다. 여기저기 컵, 액자, 시계들이 떨어져 깨지는 소리가 들리고 대형 창문들도 깨질 듯 흔들렸다. 난 갑자기 삼풍백화점이 생각났다.

'건물이 무너지면 어쩌지?'

'어제 본 〈127시간〉 영화처럼 여기에 갇히면 어쩌지?'

머릿속이 하얗다. 이게 무슨 일이지? 처음에는 좀 웃겼는데 이제는 너무 무섭다.

건물이 금방이라도 무너져 내릴 것 같고, 이 먼 이국 땅에서 죽을 것 같다는 걱정마저 들었다. 하지만 침착해야 한다며 자신을 다독였다.

'지진이 발생해서 건물이 무너지는 것은 몇 초 걸리지 않지만, 내가 건물을 나가려면 적어도 3~5분은 걸릴 것이다. 어차피 탈출은 불가능하다. 나는 건물 붕괴 시에도 살아남기 위해 공간이 있는 틈에서 지진이 멈추길 기다려야 한다'라며 최대한 논리적으로 상황을 타개해 보려 했다. 진동 초기에 문을 열어놓은 것도 보았기 때문에 이미 모든 조치가 취해진 상태였다.

가만히 팔을 내밀어 책상 위에서 떨어진 먹다 만 500밀리 생수병 하나를 집어 들었다. 어제 본 영화 때문에 물이 필요할 것이라는 생각에서였다. 점심도 먹지 못했는데, 여기 갇혀서 갈증과 굶주림으로 죽으면 억울할 것 같았다.

'혹시 모르니까 물은 있어야지.'

그리고 생수병이 있어야 소변이라도 받아먹을 테니 꼭 필요했다. 안전교육을 받을 당시 지진은 10~20초 내에 멈춘다고 했는데, 이번 지진은 평소와 다른 것인지 벌써 1시간은 넘게 흔들리고 있었다. 건물이 무너져 내리지 않기를 바라며 기도했다. 가족들 얼굴을 한 번만 더 보고 싶었다.

'여기서 이렇게 죽기에는 너무 억울하지 않은가?'

나는 이렇게 동일본대지진을 맞이하고 말았다.

아, 땅이 흔들린다는 생각을 해 보았겠는가? 어지럽고 정신이 없고, 심장이 콩닥콩닥 뛴다. 피난 대피를 연구하는 내가 피난 대피를 해야 하는 순간이 오자 패닉에 빠져 움직일 수 없었다. 조교는 나에게 왜 책상 아래로 바로 안 들어갔냐고 묻는다. 대답할 정신도 없지만, 영화에서 본 것을 설명할 시간도 없다. 그는 곧장 나보고 지갑만 가지고 나가라고 했다.

나는 지갑과 휴대전화만 가지고 탈출을 시작했다. 실제 상황이다. 그런데 내가 아무리 정신없다지만 도무지 길이 이상하다. 내가 다니던 길들은 다 막혀있다. 이게 웬

일인가?

지진이 일어나면 건물 붕괴에 의한 압사보다 화재에 의한 사망자가 더 많다. 그도 그럴 것이 도시 전체에 화재가 발생하니 소방차가 대처를 못하고, 수도관이 망가져서 물도 제대로 나오지 않는다. 그래서 일본에서는 지진이 발생하면 화재로 인한 피해를 줄이기 위해 방화문이 저절로 내려간다.

방화문이 닫힌 것을 본 적 없으니 막혀 있는 길에 어찌할 바를 모르고 우왕좌왕했다. 나중에야 안 사실인데, 비상탈출로 안내엔 이런 방화문과 연계하여 가장 효율적인 탈출로가 표시되어 있단다. 그렇지만 나는 배운 적 없으니 알 리가 없었다. 비상탈출로 정보가 그렇게 중요한 것이면 좀 알려 줄 것이지, 이런 방화벽에 의해 길이 차단된다는 건 들어본 적 없으니 억울하기까지 했다.

후회스러웠다. 평소에 비상탈출로를 봐 둘 걸⋯⋯.

다행히 불이 난 곳은 없었지만, 불도 꺼져 비상조명만 켜진 어두운 복도에 가슴이 덜컹 내려앉았다. 결국 다른 사람들을 따라가고 나서야 밝은 빛이 있는 건물 밖으로 나올 수 있었다. 그제야 살 것 같았다. 너무 무서웠는데, 이제는 적어도 건물이 무너져 갇히는 걱정은 덜었으니 말이다.

하지만 밖의 상황도 평소와는 달랐다. 나처럼 놀란 이가 어디 한둘이었겠는가? 모두 전쟁터의 피난민들처럼 정신을 못 차리고 있었다. 재난 경험이 많다는 일본사람들도 이때만큼은 당황한 듯 보였다. 나무를 붙들고 꼼짝 못하는 사람, 머리에 피가 나는 사람, 울고 있는 사람, 넘어져서 어디가 아픈지 길거리에서 떼굴떼굴 구르는 사람……

난 우연히 한국 사람을 보면 혹시 연락이 안 되는 사람은 없는지 물어보았다. 어떤 한국인 여학생은 혼자서 정신 나간 사람처럼 돌아다니다가 나를 보고는 와락 눈물을 쏟았다.

'무서웠지. 괜찮아, 괜찮아'라며 다독여 줄 수밖에 없었다. 운동장에는 이미 같은 나라 출신처럼 보이는 사람끼리 모여 서로 도움을 주고받고 있었다. 여기저기에서 기도가 시작되었는데, 난 이 와중에 꼭 전 세계 모든 신을 소환하려는 모습 같다는 엉뚱한 생각을 했다. 양탄자를 깔고 연신 절하는 사람, 무릎 꿇고 기도하는 사람 등등. 정신이 하나도 없었다. 나도 마음으로 기도했다.

마음을 겨우 가다듬고 지인들에게 연락해 보았지만

전화가 폭주해 불통이다. 전력 공급이 안정적이지 않으니 구조 차량이나 병원에 연락을 취할 방법도 없다. 다행히 부상은 없었지만, 나 같은 외국인은 전화가 안 되면 도움을 청할 방법도 마땅히 없기 때문에 불안했다.

재난이 일어나고 나서야 난 내가 스마트폰에 얼마나 의존하고 있었는지 알게 됐다. 쉴 새 없이 소셜네트워크와 메신저를 들여다보고 있었지만, 인터넷이 원활하지 않아 너무 답답했다. 이미 인터넷 포털사이트와 웹사이트 기사에는 이곳의 지진에 대한 속보들이 첫 페이지를 장식하고 있었다. 일본 동쪽 해상에서 9.0 규모의 지진이 발생하였고, 도쿄지역에 5.0 규모의 지진이 있었다는 것. 사고 파악은 아직 안 되었지만, 큰 피해가 예상된다는 것. 일본 동쪽에 위치한 후쿠시마 원전이 가동을 멈추었다는 것. 육상 교통로와 해상 및 항공 교통편이 마비되었다는 것.

이제야 일본 대지진의 현장에 있다는 것이 실감 나면서 두 가지 걱정이 생겼다. 인터넷마저 끊기면 더는 어떤 정보도 얻지 못하게 된다는 것과 휴대전화 배터리마저 떨어지면 완전히 암흑 속에 빠질지 모른다는 것이었다.

지진은 한 번 발생하면 수십 번 이상의 여진이 오기 때문에 건물에 들어가 충전케이블을 챙겨오는 것은 상상도 할 수 없었다. 어쨌든 이런 상황에서는 다치지 않도록 자신을 돌보는 게 중요했다.

연구실 동료들이 하나, 둘 모이기 시작했다. 하나같이 외국인인 나를 챙겨줬다. 특히 외국인에게 꼭 필요한 이야기 몇 가지를 전달해줬다. 귀중품만 들고 움직일 것, 물을 꼭 챙길 것, 걸어서 집에 갈 것. 무엇 하나 쉽지가 않다. 일본에서 지낸 지 벌써 4개월이 지났지만, 항상 지하철만 타고 다니니 일본 지리를 알 리 만무하고, 지하철로 1시간 30분 거리를 걸어서 가는 것은 아마 불가능할 것 같았다. 그냥 익숙한 학교 주변에서 구원을 기다리는 편이 현명하다고 생각했다.

마음을 결정하고, 사람들과 함께 도시공학과의 중은 선배 집에 갔다. 학교에서 가장 가까운 이곳은 형수님과 아드님이 같이 사는 가정집이다. 중은 선배는 사람들의 정신적 지주이기도 하여 이런 시련 속에 사람들이 중은 선배 집으로 모인 것이다. 선배는 조사차 한국에 잠시 귀국해 형수님만 혼자 집을 지키고 계셨다.

이곳은 얼마 지나지 않아 난민촌이 되었다. 형수님은 똑같이 힘들고 두려운 상황에도 남편의 학교 후배들에게 식사와 다과를 정성스레 준비해 주시고, 편히 지내라고 배려해 주셨다. 우리는 선배 집에 있는 인터넷 전화를 돌려가며 집에 안부전화를 하고, TV 앞에 둘러앉았다. 형수님께 감사하고 죄송했다. 하지만, 이곳마저 없었으면 어쩔 뻔했을까? 감사의 기도를 또 드렸다.

한국 유학생들은 지진에 대해 잘 모른다. 물건을 사려고 해도 길게 늘어선 줄을 피할 수 없고, 휴대전화는 먹통이며, 전력 부족으로 절전을 해야 하는 이런 상황이 모두에게 낯설기만 했다. 게다가 이따금 느껴오는 지진은 이제 지겨울 정도다. 모든 게 불안해 신경쇠약에 걸릴 판이었다.

밖으로 나갔다. 따듯한 햇살을 받으며 널찍한 공원에 앉아 있는 편이 심신 안정에 더 나았다. 오며 가며 만난 이들과 그간 있었던 이야기를 나누는 것은 그저 경험담을 공유하는 것이 아니라, 조금이라도 정보를 얻기 위한 필사적 노력이었다. 그렇게 지내다 보면 한두 시간은 훌쩍 시간이 흘러가 버리곤 한다.

이렇게 어딘가에서 시간을 축내다 연구실로 돌아가면 책상 위에는 각 나라 특성이 묻어있는 메모들이 남겨져 있다. 아이슬란드에서 온 친구는 그냥 가로줄 노트를 북 찢어서 올려놓았고, 중국에서 온 여학생은 중국식 종이학을 접어놓았다. 스페인에서 온 동료도 스페인 궁전 사진이 있는 엽서 뒤에 글을 써놓았다. 대부분의 내용은 각자 자신의 고향으로 돌아가서 이번 지진 사태를 지켜보고 안전해지면 돌아오겠으니, 지도교수님께 말씀 잘 전달해 달라는 것이었다.

그날 뉴스에서는 후쿠시마 원전이 이미 위험수위를 넘었다는 보도가 헤드라인을 차지했다. 반경 20km 밖까지 이동하라는 주민 대피령이 내려졌다. 아직 피우지도 못한 젊음이 여기서 끝나는 건 아닐까?

유럽에서 유학온 친구들은 본국에서 귀국 명령이 떨어졌기 때문에 자유롭게 귀환해도 문제가 없다. 공항에는 벌써 그들을 위한 전세기가 도착해 유학생들을 집으로 속속 데려간다고 한다. 여기서 살던 집에 남아있는 옷가지와 컴퓨터들은 국가에서 배상해준다고 한다. 그야말로 몸만 빠져나가면 되는 것이다.

그들과 달리 나는 아직 귀국 명령을 기다리고 있다.

지금까지 이런 사례는 없었다지만, 원자력 시설이 고장 나서 방사능이 유출되는 상황에 우리나라만 왜 아무런 조치를 취하지 않는지 알 수 없다.

어이가 없는 것은 중국이 난리란다. 바닷물이 방사능에 오염되어 소금이 금값이 될 거라며 사재기를 한단다. 나는 몇몇 지인들과 한인 식당에 모여, 열심히 한국의 9시 뉴스를 보고 있다. 지진 이후로 나는 아직도 집에 못가고 학교와 친구들 집을 옮겨 다니며 지내고 있었다.

또 여진이 왔다. 이미 큰 지진의 트라우마가 있는 상황에서 여진은 정신을 날카롭게 만든다. 작은 것 하나에도 참을 수 없는 극도의 긴장감이 올라온다. 평소 같으면 신경질이 났을 테지만 일단은 살아야 하니 그럴 에너지도 아껴야 했다. 역시 거대한 재난 앞에 국가가 무엇을 해주길 기다릴 여유는 없나 보다. 이 많은 사람을 어찌 보살펴 줄 수 있겠는가? 나는 아직 경찰이나 소방관도 보지 못하고 있다. 사실 기대하지도 않는다.

며칠째 한숨도 자지 못했다. 너무 피곤했다. 그냥 편하게 잘 수만 있으면 소원이 없을 것 같았다.

오늘은 또 다른 한국인 선배 집에 열댓 명이 모였다. 나는 현관 앞에 지금 상황처럼 아무렇게나 뒤죽박죽 벗어진 신발을 침대 삼아 누웠다. 하나도 안 서럽다. 이 자리야말로 무슨 일이 생기면 제일 먼저 탈출이 가능한 자리다. 다들 밖으로 피난하는데 혼자 못 깨어나 남겨지는 무서운 꿈 때문에 잠을 설치고 만다. 여기라면 절대로 혼자 남겨지지 않을 것이다. 너무 피곤한데 생각이 멈추질 않는다. 서서히 주위 웅성거림이 사라지며 조용해진다. 잠이 든 건지 아닌지 모를 노릇이었다.

무언가에 쫓기다가 미끄러져 넘어지는 꿈을 꾸다가 눈이 떠졌다.

'앗 지진이다.'

마치 배를 타고 있는 것처럼 출렁인다. 책장이 삐걱거리고 그릇과 숟가락은 딸그락 소리를 내며 흔들린다. 큰 진동은 아니다. 본능적으로 밖으로 나갈 만큼이 아닌 것을 알고 있기에 다시 눈을 감아보지만, 한 명 두 명 깨어나기 시작해 어수선했다. 한 선배가 TV를 켰다. 이제는 그나마 곤히 자던 사람들도 부스스 일어나 TV 앞으로 모여들었다. 또 속보가 떴다.

후쿠시마 원전 3호기가 폭발했다.

이 분야에 전문가는 아니지만, 어느 때보다 무시무시한 속보라는 것은 분명 알 수 있었다. 그리고 한계를 넘어섰다. 지금껏 겪고 있는 여진의 두려움과 스트레스가 폭발하여 크게 욕이라도 하고 싶었다. 방송에서는 반경 50km 대피를 권고하고 있다. 아직 후쿠시마 원전은 안전성을 확보하지 못했기 때문에 추가로 폭발할 가능성이 있다고도 했다.

방사능 누출. 잘은 몰라도 그 무서움을 직감했던 나는 빨리 떠나고 싶었다. 망망한 바다 위에서 균형을 잃은 배처럼 순식간에 한쪽으로 생각이 기울었다. 이미 사람들은 마스크를 하고 거리에 나와 있었고, 나는 그냥 이곳의 모든 것, 건물이나 사람, 길거리 강아지까지 이 죽음의 저승사자처럼 보일 뿐이었다. 모든 감정은 생각에서 비롯된다고 했던가? 어제와는 모든 것이 다르게 보였으며, 옷깃을 스치는 모든 것들과 여기저기 나오는 일본어 방송, 간판과 글자 하나하나도 꺼림칙하게 느껴졌다. 분명 변한 것은 없는데, 내 마음과 생각이 바뀌니 모든 것이 무섭게만 보였다.


지진 이후 공중전화박스에는 긴 줄이 늘어서 있다. 나도 줄 가장 뒷자리로 가 기다리기 시작했다. 과거와 달리 요즘 공중전화박스는 휴대전화를 들고 조용히 이야기하고 싶은 사람만 잠깐 들어가서 통화하는 곳이었지만, 지금은 상황이 다르다.

지진이 발생한 당일은 당연히 전화가 폭주하여 휴대전화 사용이 어려웠고, 새로운 뉴스가 보도되거나 조금 큰 규모의 여진이 발생할 때도 자주 전화가 먹통이 되었다. 그렇다 보니 소방서나 경찰서에 긴급전화를 할 방법이 없다. 반면 공중전화는 유선전화라서 휴대전화 이용이 폭주해도 통신이 유지되기 때문에 집 또는 가게에 있는 유선전화끼리는 어느 정도 전화가 가능하다. 그래서 다들 이렇게 하염없이 줄을 서고 있는 거였다.

이런 상황에 조바심이 나서 새치기를 한다거나 끝없이 이어진 줄에 계속 전화기를 부여잡은 사람과 싸움이 날 법도 한데 시민들은 놀랍도록 침착하기만 하다. 도대체 이런 침착함은 어디서 오는 걸까?

어떤 사람은 울고 나오고, 어떤 사람은 하늘에 대고 소리를 지른다. 마치 무슨 심판을 받기 위해 기다리는 것 같았다. 오랜 기다림 때문인지 모두 불평조차 못하고 지그시 눈을 감고 있다. 하긴, 자연의 재해 앞에서 어찌할 수도 없으니 말이다. 나도 눈을 감고 잠시 명상의 시간을 가졌다. 그리곤 나에게 질문을 던졌다.

'내가 왜 여기까지 왔을까?'

'앞으로 어찌 될까?'

분명 나로서는 최선의 선택이었기 때문에 여기에 왔건만, 지금은 온통 난리인 탓에 조금 후회스러웠다.

'만약 일본이 방사능에 오염되거나 지진 피해를 더 크게 입게 되어 국가비상사태가 장기화된다면 내 학위과정은 또 실패로 끝나겠지?'

앞서서 걱정까지 하는 모습이 썩 유쾌하지는 않다. 그만큼 절망적이었다.

대기 행렬이 줄어 두 발짝 더 앞으로 이동했다. 내 뒤에는 어느새 20명쯤 줄을 서 있었다. 이제는 기다린 게 아까워서라도 꼭 전화하고 가야겠다 싶었다. 혹시나 동전이 없을까 다시 한번 주머니를 뒤적였다. 옆으로는 소방차와 앰뷸런스가 지나간다.

'시끄럽다.'

솔직한 마음이다. 이젠 이 소리가 너무 싫었다. 잠시 다시 눈을 감았다. 사람들 얼굴은 죽을상인데 날은 화창하고 따뜻한 햇볕을 쬐면서 눈을 감고 있었더니, 이상하게 졸음이 왔다.

어느 순간 고지가 눈앞에 있었다. 다시 마음을 가다듬

고, 한국으로 전화를 걸었다. 어머니가 받으신다. 언제나 따뜻하고 그리운 그 이름, 엄마. 평소 같으면 이게 누구냐며, 그동안 궁금한 이야기를 한 보따리 풀어놓으셨겠지만 난 길게 전화할 수 없어 딱 잘라 말씀드렸다.

"저는 건강히 있어요. 걱정하지 마세요. 나중에 자세히 이야기해 드릴게요. 그리고..."

목을 가다듬고 아무렇지 않은 척 말을 이었다.

"저 지금 한국으로 피난 가려고 합니다. 비행기 표 좀 구해주세요."

어머니는 아들이 무슨 봉변이라도 당하고 고생하는 줄 아시고는 훌쩍이신다.

"별일 아니라 방사능 오염이 될지 모른다고 해서 잠시 피하려고요. 정말 아무 문제 없어요."

이제는 아들이 죽은 양 대성통곡을 하신다.

이럴 줄 알아서 지금껏 아무렇지 않은 듯 지냈건만, 내가 이렇게 또 불효를 저지르고야 말았다.

어머니는 나더러 걱정하지 말라고 하시며, 지금 공항에 가서 다시 연락하라고 하셨다. 그동안 표를 알아보신다고.

'공항에는 어떻게 가야 할까?'

열차 이동 중 지진이 발생하면 탈선 우려 때문에 급정거를 하고, 교량과 터널 등의 안전 점검을 마친 후에야 운행이 재개된다. 그 때문에 어떻게 해야 공항까지 무사히 갈 수 있는지 알 수 없었다. 고속도로는 전면 통제되어 버스를 타고 이동하는 것은 불가능한 상황이었으며, 오직 철도로만 이동 할 수 있었다.

어떤 교통수단이든 자신이 없다. 제대로 아는 정보가 없으니 언제든지 길을 헤맬 수 있기 때문이다. 아, 초조하다. 담배라도 한 대 피우고 싶은데, 매일 오가는 상점들은 대부분 다 휴업 중이었다.

담배는 다음에 다시 생각해보기로 하고, 이제부터는 탈출 작전을 시작해야 한다. 후쿠시마 원전이 계속 위기 속에 있기에 한시라도 빨리 일본을 떠나야 했다. 우선 후배 병흔이에게 가보기로 했다. 병흔이는 내 대학원 후배로, 지금은 와세다 대학에서 도시설계학을 공부 중이다. 여기서 벌써 일 년 넘게 생활하고 있어서 지리와 언어에도 능숙하다. 그 친구와 함께라면 공항에 무사히 갈 방법을 찾을 수 있을 것 같았다.

연락할 방법이 없어 무작정 병흔이네 학교로 걸어갔다. 어둑어둑해져서야 도착한 학교 연구실에서 천만다행으로 병흔이를 만날 수 있었다. 우리는 얼싸안고 안부를 물은 후 가까이에 있는 병흔이 집으로 향했다.

병흔이 집에 있는 비상식량으로 밥을 해 먹고 싶었지만, 수도가 오염된 상황이라 뭘 해 먹을 수가 없었다. 대신 병흔이가 물 없이도 할 수 있는 계란프라이와 통조림 요리를 내왔다. 난 여기에 아끼고 아끼던 팩소주 하나를 꺼내서 사이좋게 나눠마시고는 오랜만에 꿀잠을 잤다.


다음 날, 병흔이가 집에 있는 탄산수를 이용해 밥을 지었다. 탄산수는 방사능 오염과 무관해 안심할 수 있었다. 주먹밥과 냉장고에 아껴둔 한국 김치, 라면 한 개가 전부였지만 이마저도 오랜만의 식사라 너무나 만족스러웠다.

어느 재난 현장이나 식수와 음식은 모자라기 마련이다. 불과 며칠 만에 편의점과 마트에 있는 물은 바닥이 났다. 혹시나 물이 있는 곳에서도 한 사람당 생수 1병으로 자발적인 구매 제한을 하고 있다. 생각보다 혼잡하지 않아 다행이었지만, 이것만으로 식수 문제를 해결하기엔 역부족이다. 수질이 좋은 일본에서는 대부분의 사람이 수돗물을 식수로 사용해왔다. 그런데 이번 원전 사고를 계기로 수돗물에서 기준치의 수백 배가 넘는 방사능 물질이 검출되면서 더 이상 수돗물을 식수로 쓸 수 없게 되었고, 그로 인해 물 부족이 더 심각해졌다. 비교적 건강한 나와 같은 젊은이들이야 조금 불편한 이 생활에도 아픈 곳 없이 잘 지내고 있지만, 어린아이들과 노인들이 걱정이었다.

그래서 일본정부에서는 재난 발생 5일이 지난 뒤부터 초등학교 이하의 어린이들에게 하루에 500밀리 생수 1병을 무상으로 제공하고 있었다. 방사능에 취약한 어린이들을 위한 배려였다. 그런데 학교에 계신 교수님과 다른 어르신들은 생소한 행동을 하고 계셨다. 연일 수돗물이 위험하다고 방송되는 데도 수돗물을 식수로 사용하는 것이다. 오히려 더욱더 아무렇지 않게 즐겨 드시는 것 같았다.

어르신들이 무지해서 그런 걸까? 그렇다면 배울 만큼 배운 교수님들은 왜 이런 행동을 하는 것인가? 의아해하고 있는데, 방송에서 어느 60대 어르신이 인터뷰 도중 하신 말씀을 통해 이 궁금증을 풀 수 있었다.

"나는 이제 살 만큼 살았다. 우리 자손들이 건강해야 한다. 나에게 줄 물이 있으면 젊은 세대에게 나눠줘라, 나는 수돗물로 충분하다."

이렇게 자신에게 할당된 물도 자식들에게 나누어 주

고 싶다고 말씀하셨다. 당연히 많은 생각이 들었다. 역사나 정치적으로 볼 때 일본에 대한 감정이 매우 나쁜 것은 사실이지만, 일본 정치인들이 잘못된 것이지 개개인은 자기 나름의 소명과 가치관이 있고 희생정신도 있는 것 같았다. 덕분에 젊은 쪽인 나는 배려 받을 수 있었으니 말이다. 이전 저런 일을 겪으면서 일본에 정이 뚝 떨어져 탈출하고 싶은 마음뿐이었지만, 이 인터뷰 내용은 지금도 좀 마음이 울컥한다.

우리는 함께 철도 정보를 검색해보았다. 그 결과, 나리타까지 가는 일부 열차가 운행 재개를 시작하였으나 자주 열차가 지연되고 있어 언제 길이 끊길지 모르는 상황이란 것을 확인할 수 있었다.

여벌 옷과 여권, 물 그리고 아침에 병흔이가 싸 준 주먹밥을 비상식량으로 챙겨 배낭 하나만 메고 나리타공항을 향해 출발했다.

집을 떠나려니 마음이 뒤숭숭했다. 집 문을 잠그고 되돌아보니, 왠지 집이 쓸쓸해 보였다.

'잠시 혼자 잘 지내고 있어~ 곧 다녀올게~~'라고 집에게 인사하듯 병흔이는 잠시 동안 집을 바라보았다. 나와 달리 병흔이는 자비 유학을 온 상태라서 훌훌 털어버리고 떠나기가 쉽지 않았을 것이다.

집을 나서는 순간 이제 세상에는 둘 뿐이다. 의지할 사람도 둘이니, 더욱 힘을 내서 공항으로 향했다. 우리는 피난을 가는 데 이곳 사람들은 여전히 제 생활을 하기 위해 양복을 입고 출근한다. 어떤 사람은 가방 뒤에 헬멧을 달고 다닌다. 아마 지진이 올 때 머리 보호용인 것 같았는데, 양복 차림과는 좀 어울리지 않아 보였다.

공항을 가는 길에도 몇 번의 작은 여진이 있었지만, 무사히 나리타공항에 도착했다. 시간은 평소에 두 배가 걸렸다.

저녁 늦은 시간이었지만 공항은 사람들로 북적였다. 지상 5층이 발권을 하는 곳인데, 1층부터 한적한 모퉁이와 의자들은 이미 피난민들이 자리를 잡고 있었다. 피난 중이라는 게 그제야 확실하게 느껴졌다.

구매한 표는 내일 아침 첫 비행기이기 때문에 우리도 여기서 그들과 하룻밤을 함께 할 운명이다. 그런데 배가 고프고 갈증이 났다. 나리타공항은 24시간 운영하는 공항이 아니다. 소음 문제로 주변 주민들과 마찰을 빚을 수 있어 야간에는 이착륙하지 않는다. 그래서 저녁에는 모든 상점이 함께 문을 닫는다. 편의점은 이미 굳게 철문이 내려가 있었고, 자판기마저 작동되는 것 하나 없었다. 나는 굶주림을 참으며 누워 잘 수 없도록 가운데 팔걸이가 있는 불편한 의자에서 시간을 보내고 있었다. 간혹 여진으로 우르르 흔들렸지만, 다들 조용히 숨죽이며 하룻밤을 견디고 있었다.

공항의 높은 천장만 하염없이 바라보고 있는데, 갑자기 저쪽에서 사람들이 모여들었다. 무슨 일이라도 있나 싶어 다가갔는데, 횡재다! 담요와 물, 간식거리를 나눠주고 있었다. 나도 대열 끝에 줄을 서서 담요와 식량을 받아 돌아갔다. 병흔이가 매우 좋아할 것 같아 흐뭇했다.

불편한 의자에 기대 꾸벅꾸벅 조는 병흔이를 깨워 함께 목을 축이고 허기를 달랬다. 그리곤 한적한 곳을 찾아 자리를 깔고 배낭을 베개 삼아 잠을 청했다.

정말 긴 밤이었다.

다음 날 아침, 우리 때문에 사무실에 들어가지 못하고 있던 어떤 여직원이 우리를 깨워주었다. 캄캄해서 몰랐는데, 우리가 자고 있던 자리가 바로 중앙통제실 앞 복도였다. 부스럭거리며 배낭과 담요를 챙기고 출국장으로 향했다. 그리고 한국행 비행기를 탔다. 허무하다면 허무하고, 다이나믹하다면 다이나믹한 나의 첫 유학 생활이 이렇게 끝날 것 같아 보였다.

처음 일본으로 오는 비행기를 탔을 때만 해도 너무 설레고 행복해 모든 게 좋아 보였는데, 이제는 돌아가는 비행기마저도 혹시 잘못될까 한국에 도착할 때까지 긴장을 늦출 수 없었다.

불안한 마음을 다스리려 온통 애쓰다 보니 어느새 한국에 도착했다. 꼭 붙어 다니던 병흔이와는 나중에 다시 연락하자고 약속하며 작별 인사를 했다. 그토록 그리워하고 꿈에나 그리던 가족들과도 상봉했다. 바위를 등에 업고 산 정상까지 등반했다고 생각이 들 만큼 지치고 피곤했지만, 몇 개월 만에 보는 가족들 얼굴에 조금이라도 더 대화를 나누고자 식당에 가 밥부터 먹기로 했다. 덕분에 오랜만에 맛있는 음식도 실컷 먹었다.

한국 집에서 몸과 마음의 안정을 취한 뒤, 2주간 상황을 지켜보던 나는 다시 일본으로 돌아가기로 했다. 돌아가야 하는 이유야 셀 수 없었지만, 무엇보다도 내 욕심이 컸다. 나는 학위과정을 무사히 마치고 싶었다. 이대로 이도 저도 아닌 상태로 끝내고 싶지 않았다.

삶의 시련은 여기서 끝나지 않을 것이다. 더 이상 이보다 최악의 상황은 없을 것이라 장담할 때마다 항상 더 크고 새로운 위기가 찾아왔다. 그때마다 외부상황이 이러이러하니 포기하는 게 좋겠다고 생각했었다면 지금의 내가 있었을까? 주어진 시련을 이겨내는 유일한 방법은 묵묵히 일상을 살아가는 것이라 생각한다. 따라서 나는 이번에도 내가 원래 하던 공부를 계속하기 위해 다시 학교로 돌아가기로 결심했다.

아직 일본의 상황은 나아지지 않았고, 식수나 음식은 여전히 부족했다. 그러나 나는 그 모든 상황을 내 눈으로 직접 지켜보기로 했다. 이전과 같은 불안과 걱정이 사라진 것은 아니지만, 그럴수록 더욱 주어진 오늘에 감사하며 연구에 몰두했다.

이런 내 마음가짐은 훗날 닥쳐올 시련에도 큰 도움이 되었다.

세 번째 움직임,

# 연구자의 길을
# 걷다

나의 꿈, 나의 첫걸음

,

···

　내가 지금껏 공부해 온 이유는 내가 하고 싶은 연구를 계속할 수 있는 환경이 뒷받침되면서 동시에 나의 지식이 사람들에게 도움이 되는 직업을 갖기 위해서였다.

　실수로 선택한 것 같았지만 결국 내게 딱 맞는 옷임이 밝혀졌던 학부 전공, 그리고 끊임없이 오고가는 사람을 관찰하며 '사람 중심'의 교통에 대해 생각했던 석사 시절을 돌아봤다.

　나를 움직이는 열정은 무엇이었을까? 아마 연구와 사람, 이 두 가지라고 말할 수 있을 것이다. 정확히는 그 연구가 향하는 곳이 사람이었다. 따라서 나는 사람과 교통을 연구하는 곳, 그것도 우리나라 교통 실정과 사람을 함께 연구하며 보람 있게 일할 수 있는 곳에서 일하고 싶었다. 그런 곳이 어디일지 생각해 봤을 때, 답은 하나였다.

한국교통연구원. 그곳이 나의 모든 희망을 담을 수 있는 단 하나의 직장이었다.

한국교통연구원은 일 년에 단 한 명만 채용하기 때문에 합격은 하늘의 별 따기 수준으로 어려울뿐더러 서류심사부터 한국에 있는 연구기관 중에서도 극악의 난이도로 손꼽힌다. 이렇듯 취업이 매우 힘든 곳이지만, 나는 꼭 그곳에 들어가고 싶었다. 그래서 지원서부터 남다르게 준비했다. 학자로서의 집념과 전문성을 보여주는 것이 서류심사에서 내 지원서가 돋보일 방법이라는 생각에 나는 한국교통연구원 발행의 논문집 양식을 사용해 "변화에 적응하는 한국교통연구원이 필요로 하는 인재상과 본 저자의 적합성"이라는 논문을 작성했다. 긴말이 필요 없이, 이 논문식의 자기소개서를 보게 되면 그간 입사준비를 위해 수년간 노력해온 나의 열정과 정성을 엿볼 수 있을 것이었다. 이 자기소개서에는 재난의 경험과 인간 중심의 연구에 대해 논하였다.

서류심사 다음에는 채용 세미나와 최종면접이 있다. 단 한 명만 선발되는 채용심사에서 2등이란 무의미하므로 가능한 남들과 '다름'을 강조해 1등 아니면 꼴찌가 될 생각으로 입사 전략을 세웠다.

이런 내 전략이 통한 것일까? 2013년에 학위를 마치자마자 난 한국교통연구원에 당당히 채용될 수 있었다. 2008년부터 이곳에 들어오고자 목표를 세우고 노력했으니, 자그마치 6년의 세월이 흐르고서야 결실을 맺은 것이다.

내가 남들보다 긴 학위과정을 버틸 수 있었던 이유는 한국교통연구원에서 일하는 나를 언젠가 바라볼 수 있다는 그 희망 때문이었다. 그토록 꿈꿔왔던 곳에 입사했는데, 그 기분을 이루 말할 수 있겠는가? 더군다나 뉴스에서는 연신 취업이 힘든 시기라고 보도하고 있는데, 나는 단 한 명밖에 채용하지 않는다는 국책연구기관에 채용된 것이다. 덕분에 취업은 내가 했는데, 어깨에 힘은 우리 부모님이 더 들어가 계시니 감개무량이었다.

2014년 일산에 있었던 연구원이 세종시로 이전하면서 '키움 국책연구단지'라는 멋진 로고가 붙었다. 11개 기관이 입주한 이곳은 키움의 "키"가 영어 'Key'를 떠오르게 해서인지 큼지막한 열쇠마크가 새겨져 있다.

나는 우리나라의 싱크탱크[4]인 국책연구기관에서 국가 정책에 기여하고 있다는 자부심이 있었다. 국책연구기관이 우리 산업과 기술을 이끌어가는데 기여하길 바랐고, 나도 이 기관에서 성실하게 일해 나라에 기여하고 싶었다.

한편 연구원이 세종시로 이전하게 되면서 나도 함께 변화를 맞이했다. 바로 내가 부연구위원 자리에 오른 것이다. 부연구위원에겐 개인 연구실이 제공된다. 사기업에서는 이사급이나 되어야 가질 수 있는 연구공간을 갖게 되니 어깨가 무겁고 책임감을 느꼈다.

직장에 들어가면 누구나 약간의 실망과 자신의 한계에 부딪혀 힘들어하기도 하지만, 나는 '감사하다. 보답하고 싶다'는 마음에 이끌려 정말 많은 일을 해 왔던 것 같다. 그도 그럴 것이 어려운 시기에 나를 잘 알아봐주고 기회를 준 회사가 정말 고마워서 내 연구로 꼭 보답하고 싶었다. 정말로 최선을 다해서 내가 받는 월급 그 이상을 해내기 위해 노력했다.

---

4  싱크탱크(Think Tank): 정책연구소라고도 하며 사회 정책, 정치 전략, 경제 등과 같은 주제들에 대해 연구하거나 이에 대한 견해를 표명하는 기관

아직 여름이 되려면 멀고 멀었지만, 여기저기 옷차림도 가벼워지고 다채로운 색깔로 물들기 시작했다. 서울에서 세종시로 막 내려올 때만 해도 강제이주민이라고 투덜댔는데, 어느새 겨울이 가고 봄이 왔다.

세종시 국책연구단지는 네 개의 동으로 이루어졌으며 지하 1층이 통으로 연결된 일체형 건물이다. 이곳은 약 3,500명이 근무하고 있는데, 이 중 약 1천 명이 박사학위를 가지고 있고, 2천 명이 석사학위를 가지고 있다. 아마 단일 건물에 가방끈 길이로는 어느 대학 못잖은 수준일 것이다. 엘리트가 근무하는 우리나라의 가장 큰 연구 시설. 나도 여기에 소속되어 가슴 펴고 당당히 세종 생활을 하고 있었다.

따스한 봄 햇살을 만끽하며 책상에 앉아 연구에 몰두하고 있었다. 예전부터 운동하고는 거리가 멀었던 나는 출퇴근 시간을 제외하고는 자리에서 움직이지 않았다. 끊임없이 밀려드는 연구와 그로 인한 야근으로 조금이라도 몸을 움직이면 금방 피곤해져 일을 할 수 없었다. 몸은 힘들지만 KTX 동대구역 사고의 상처가 채 아물기도 전에 또다시 연달아 터진 세월호 사고로 나의 연구 의지는 점점 강해져 갔다. 때로는 정부 관료와 맞서기도 하고, 때로는 지하철 노조와 철도 안전 개선 방안으로 설전을 벌이기도 했다. 아직 서투르지만 배움을 최우선으로 하며 여러 가지 정책을 지원하거나 내가 직접 정책 제안을 하기도 했다. 누가 시키지 않아도, 그것이 국민 전체가 슬픔에 빠져 있을 때 연구자로서 내가 할 수 있는 최선이라 생각하며 시스템과 정책에 대해 고민했다. 때론 너무나 미약하고 힘없는 과학자인 나 자신의 처지를 아파하며, 때론 가슴 치는 후회를 하기도 하며 잠깐의 쉴 틈도 없이 일했다.

하지만 시기상조였을까? 안전불감증이 만연한 우리나라에서 불안전성에 대한 지적을 하는 것은 쉽지 않았다. 심지어 사람들 하나하나를 설득하는 나를 안전과민증 취급하기도 하였다. 몸도 마음도 늙어가는 날의 연속이었다. 내가 아니어도 누군가는 했을 일이지만, 그래도 내 힘이 닿는 한 조금이라도 도움이 되고 싶었다.

대한민국의 평범한 시민이자 과학자로서 각종 사고의 원인을 규명하고, 사회·경제적 파급 효과까지 심사숙고를 거듭한 이유는, 다름 아닌 안전한 대한민국을 만들고 싶다는 나의 열정 때문이었다. 안전한 우리나라에 대한 열정이 나를 사로잡았고, 나는 그 열정에 내가 할 수 있는 모든 노력을 쏟아부었다. 보도자료를 만들고 공청회와 세미나 등을 열었으며, 때로는 이해당사자들을 만나거나 담당 공무원과 제도적 한계점을 토론하기도 했다. 또한, 안전 사각지대를 발굴하고, 정부예산의 투자 흐름과 과학기술 발전 방안에 대해서도 논의했다.

내 업무는 단순히 학자로서 정책에 대해 생각하고 새로운 연구를 진행하는 데 그치지 않았다. 때로는 정부의 교통안정 정책 대변인이 되기도 하고, 때로는 국민안전의식 조사를 통해 새로운 정책을 마련해 국회에 보내기도 했다. 가령 내가 낸 "안전비용수용문화 확산연구(2014)"에 대한 정책대안은 국회에서 '재난 및 안전관리 기본법 제정'에 도움을 주었다.

시민단체와 함께 활동해 시민들에게 안전의식에 대한 공감대를 이끌어 내기도 하였으며, 전문가로서 국민안전처 아카데미에서 공무원 교육을 도맡아 하거나 대학 강사로 활동하기도 했다. 가끔 전화나 방문을 통한 민원인을 상대하거나, 주요 정책사업의 사업자 선정위원이 되어 업체를 평가하기도 했다. 논문 발표와 토론회에 가기도 하고, OECD 회의나 국제 세미나에 참고인으로 배석하였다.

나뿐만이 아니다. 이곳에 있는 박사님들은 우리나라 최고의 엘리트로서 책임과 의무를 다하며 각자의 역할을 능히 해나가고 있었다.

나도 그런 훌륭한 분들과 함께 일하는 사람으로서, 또 조직의 튼실한 구성원으로서 제 역할을 다하기 위해 노력하고 있던 때였다. 포항·경주 지진과 강원도 산불 등 대형재난이 우리나라에 발생하였다. 소방당국은 화재 진화와 구조 활동을 위한 일련의 단계를 진행하였다.

1단계는 지역 내 모든 소방력의 동원, 2단계는 광역권의 모든 소방력의 동원, 3단계는 전국의 모든 소방력이 총동원되어 재난 규모에 맞게 소방차, 구급차 등의 인력과 물자를 배분하는 것이다. 물론 대형재난에는 군부대의 도움도 필수이며, 방재물자(인력, 자원, 장비)의 이동도 중요하다.

하지만 재난지역 접근을 위한 도로 사용이 가능할 것인가에 대해서는 의문이 남는다. 즉, 통신과 전기 공급이 원활할지, 도로 접근이 가능한 상황인지 등의 정보를 즉각적으로 알 수 없다는 것이다.

1분 1초가 다급한 상황에서 어떻게 국가의 방재력이 피해지역에 도달할 수 있을지에 관한 연구가 필요했다. 이런 이유로 나는 우리나라에선 처음으로 재해 위험성이 낮은 도로를 조사해 지역 연결이 가능한 14개의 고속도로를 선정하고, 선정된 도로를 '국가 긴급수송로'로 명명하였다. 이 도로를 이용하면 어떤 재난이 발생하여도 재난이 발생한 광역지자체와 소재지까지 4시간 안에 전국 소방력의 80%가 도착할 수 있는 매우 강력한 전략이었다. 국가비상사태 시 물자와 인력 이동의 대동맥 역할을 할 수 있는 전략도로를 도출한 것이다.

　향후 이 연구는 항공 철도망과도 연결하여 대규모 피난 시 지역주민 피난도로로 활용이 가능하도록 계획을 확장하였다. 국민의 입장에서 어떤 재난이 발생하여도 4시간 안에 국가 소방 서비스의 80%를 누릴 수 있을 것이다.

　이 연구를 제도화하는 데에는 어려움을 겪었다. 관리 주체의 모호성 때문이었다. 재난 시에는 행정안전부가 일시적으로 이 피난도로를 전략적으로 이용해야 하지만, 재난이 없는 평상시에는 국토교통부에서 유지 및 관리를 해야 한다. 이용 주체와 관리 주체가 동일하지 않아 투자예산 확보에 두 부처 모두 어려움을 겪었다.

하지만 여러 재난 상황이 끊이지 않고, 재난과 안전에 대한 국민들의 의식을 높아지면서 관련 전문가와 연구진들의 노력 끝에 4년만인 2020년, '국가도로망종합계획'에 국가 전략도로로 채택될 수 있었다.

우리나라에 어떤 재난이 발생해도 국가가 국민들 가까이에 있다는 신뢰와 믿음을 심어줄 수 있는 이 계획이어서 빨리 정착되었으면 좋겠다는 소망이 생겼다.

직장생활이란 내가 가장 잘 할 수 있는 일을 하는 것이 아니다. 그보다는 회사가 나에게 요구하는 일을 잘해야 한다. 따라서 아무리 자유로운 연구가 보장되는 국가연구직이라 하더라도 국정과제와 수요자(국민)에게 필요한 연구를 진행하는 것이 가장 바람직하다.

그렇다 보니 자신이 가장 잘 할 수 있는 일을 실제로 이행할 기회가 오지 않을 수 있다. 잘 갈아진 칼은 칼집에 넣어 두고, 칼이 녹슬고 나서야 뽑아 들게 되는 상황이 종종 벌어지는 것이다.

나의 잘 갈아진 칼날은 재난과 안전 분야에 있었고, 다행스럽게도 이곳은 내가 가장 잘 할 수 있는 분야를 살릴 기회가 되어 주었다.

내가 입사한 해에 취임하신 이창운 원장님께서 지식경영과 융합 창발형 조직[5] 문화를 정착시키기 위해 대대적인 조직 개편을 진행하였다. 이에 따라 재난·안전그룹 부서가 신설되었다. 최근에는 이 조직이 자리를 잡고 방재교통연구센터까지 신설될 정도로 발전했다. 이와 함께 모든 교통수단의 안전 분야에 연구 환경이 열리게 되었다. 이 모든 게 안전한 대한민국을 만들기 위한 전문 집단의 노력 덕분이었다.

나도 그런 노력에 보탬이 되고자 입사 후 첫 연구 과제로 "교통사고 응급대응 교통체계 연구(중증외상환자 이송연구)"를 진행하였다. 교통사고로 발생한 인명사고로부터 하나의 생명이라도 더 살리기 위한 골든타임 운영방안에 관한 연구로 의료, 소방, 경찰 등의 다차원적 사전협력 체계 구축을 위한 내용을 포함한다. 특히, 중증환자의 분류 및 증상에 대해서도 포괄적인 연구가 진행되었다.

기존에 잘 알려진 골든타임이라는 용어는 원래 중증외상환자를 다루는 의료계에서 사용해 온 것으로 생존율

---

5   융합 창발형 조직: 직원의 잠재력을 최대한 끌어내기 위해 조직의 벽을 허물고, 다른 사람들과 활발한 상호작용이 일어날 수 있도록 돕는 것

을 높이고 합병증 발생률을 낮출 수 있는 전문적인 처치가 이루어지기까지의 1시간을 말한다. 여기서 중요한 것은 1시간 이내에 처치가 이루어져야 한다는 것이다. 즉, 1시간 이내에 응급실에 도착하는 것이 아니라, 수술실에서 결정적인 치료를 받아야 한다. 이 '외과 의사의 주요한 처치'가 단 60분 만에 이루어지기 위해 의료진에게 필요한 시간들을 정리하였을 때, 1시간 이내에 의료진이 사용해야 하는 시간은 최소 40분이 된다. 119 구급대원, 응급실 간호사, 전문의, 외과 의사가 처치하는 시간을 단계마다 10분씩 사용한다고 본 것이다.

이를 고려하면, 교통사고로 인해 발생한 중증외상환자를 응급실로 이송 완료해야 하는 시간은 20분이 된다. 보고서에서는 이 20분을 '백금의 시간(Platinum Time)[6]'으로 정의하였다. 백금의 시간은 다시 구조, 이송을 위하여 필요한 5단계로 나뉜다. 중증외상환자 이송을 위한 세부적인 단계 설정을 통해 교통사고 사망자를 줄이고자 노력한 것이다. 여기에 그치지 않고 소방서, 교통통제를 하는 경찰서 등을 직접 방문하여 구조 활동 과정을 살펴보

6  교통사고 응급대응 체계연구(2014)

았다. 또한 대형 병원 응급실에서 의사들의 팀워크 활동을 관찰하기도 하였으며, 보험회사에서 주요 중증교통사고의 동향과 예후를 살펴보기도 했다.

첫 과제인 것도 있지만, 열심히 안 할 수가 없었다. 아니, 내가 더 하고 싶었다. 처음으로 복합골절, 쇼크, 심정지, 뇌출혈 등 중증에 대한 의학적 소견과 증상에 대해서 배울 수 있는 좋은 기회였다.

세월호 사고 이후에는 "세월호 참사와 에스토니아호 참사에 관한 역사적 제도주의 연구: 한국 사회를 위한 정책 제언(2014)"이라는 이름으로 연구를 진행하였다. 1994년 스웨덴에서도 우리와 같은 대량 인명희생 경험이 있었고 희생자가 852명이나 되었다. 하지만 사고 발생 이후 한국 정부의 대처는 스웨덴과 너무 달랐다. 이에 한국에 유학 온 스웨덴 출신의 앨빈(Albin Ringstad)이라는 학생이 세월호 관련 연구를 진행하고자 찾아왔었다. 복잡한 행정과정을 거친 끝에 외국인의 시각에서 배울 점을 찾아보자는 의견이 도출되었다. 물론 내가 이 과제를 이끌라는 원장님의 지시도 함께 있었다. 일하면서 내가 겪었던 다양한 사건들이 스치고 지나갔다. 특히, 2013년에 참석한 철도 안전 관련 토론회가 기억에 남는다.

어느 날, 모 지역의 지역도시철도공사에서 전화가 왔었다.

"안녕하세요. 한국교통연구원 이 준 박사님이시죠?"

"네 맞습니다. 무슨 일로 전화주셨나요?"

나에게 전화를 주신 분은 철도 안전사고 저감을 위한 토론회에 토론자로 참석해 주실 수 있냐고 정중히 부탁의 말씀을 해주셨다. 그때 당시 동대구역에서 KTX와 무궁화호가 추돌하는 사고가 발생하였기 때문에 정부와 국민의 철도 안전에 대한 관심이 매우 높던 때였다. 철도 안전 문제는 나의 오랜 관심사이고, 수행 중이던 "고속철도 안전성 진단과 대응방안(2014)"이라는 연구의 연장선상에 있어 고민하는 바도 있었다.

"네 알겠습니다."

나는 참석 의지를 밝히고 전화를 끊었다.

며칠 뒤 참석한 토론장에서 나는 놀라지 않을 수 없었다. 토론회가 열리는 강당을 빼곡하게 채우고 있는 약 200명 정도 되는 사람들 중 대다수가 "투쟁"이라고 써 있는 조끼를 입고 머리띠까지 두르고 있었다.

당시 정부는 사고의 원인이 '종사자'에게 있다고 생각

하고, 특정인에게 사고의 책임을 전가하는 식의 언론보도까지 나와 노조와 정부의 갈등이 고조된 상태였다.

'오 마이 갓~~~'

전장의 한복판에 덩그러니 놓인 것 같았다.

200명 노조원들의 얼굴에는 불신이 가득했다. 나는 그들의 따가운 눈총을 받으며 토론을 시작했다.

"최근 발생한 철도 사고는 사람이 반복적인 일을 지속 진행할 경우 당연히 발생하는 휴먼 에러(Human Error)[7]에 기반하고 있습니다. 이번 동대구역 사고는 철도 신호등이 나무에 가려 보이지 않았고, 출발 신호를 주는 여객전무의 착오, 기관사의 착오 출발 등 언제라도 발생할 수 있는 예견된 사고였습니다."

"기관사가 잘못했다는 거냐?"

객석에서 누군가 큰 소리로 쏘아붙였다. 노조원들의 얼굴을 보니, 영 맘에 안 들어 하는 것 같았다.

그러나 나는 계속 이야기를 이어갔다.

"네 맞습니다. 기관사가 사고를 낸 것은 맞는데 기관

---

7  인간은 불완전한 존재이므로 일상생활에서나 산업현장 등에서 많은 에러를 범할 수 있으며, 인간이 발생시키는 이러한 에러를 휴먼 에러라고 한다. 휴먼 에러는 일상에서 작은 불편을 초래하는 것부터 대형 사고의 결정적 원인이 되기도 한다

사의 잘못은 아닙니다!"

잠시 사람들이 술렁였다.

"사람이라면 어쩔 수 없이 낼 수 있는 실수와 착오를 그대로 방치했기 때문입니다. 기관사는 사람이고, 사람은 누구나 실수할 수 있는데, 그 실수를 줄이려는 정부의 노력은 없었습니다. 여론은 그저 기관사에 대한 마녀사냥을 하고 있습니다. 저는 오늘 실수와 착오를 막고, 사고 원인 규명을 명확히 할 수 있는 제도 도입에 대한 입장을 말씀드리려 하는 것입니다."

어수선했던 강당이 이제야 조금 고요해졌다.

"먼저 지적확인 환호응답⁸의 강화입니다. 이미 잘 알려진 방법이지만, 기관사가 이 신호를 착각하는 순간 대형 사고가 발생하고 맙니다. 종사자 스스로가 휴먼 에러를 줄이기 위한 노력을 해야 합니다. 너무 많은 수신호는 오히려 판단에 지장을 주지만, 최소한 안전을 위한 행동은 지켜지도록 제도화되어야 합니다. 그러한 노력에도 사고가 난다면, 정부와 기업이 책임지는 모습을 보여야 합니다."

---

8  지적확인 환호응답: 손가락으로 방향을 가리키며 "○○확인" "이상무"라고 외치며 조치사항을 확인하는 방식으로 항공·철도 등 안전 관련 직무자들이 매뉴얼에 따라 광범위하게 사용하는 안전행동 절차

조금은 수긍하는 얼굴을 볼 수 있었다.

"두 번째는 기관실 내부에 블랙박스를 설치하는 것입니다. 지적확인 환호응답을 잘 하였고, 안전 규정을 기관사가 잘 지켰다면 그 증거로 블랙박스 자료가 활용되어야 합니다."

"지금 철도 기관사의 근무 여건을 모르고 하는 소리다!"

또 한 번 큰 소리가 나왔다. 분위기는 그렇게 누그러졌다가도 굳어버리기 일쑤였다.

"예, 제가 연구실에서 연구만 해서 정확한 철도 종사자의 현장 여건을 잘 모릅니다. 블랙박스 설치가 감시 도구로 사용된다고 생각하셨을 것 같은데, 그런 이유 말고 반대하는 이유가 무엇인지 알려주시면 제 의견도 달라질 수 있습니다."

제일 앞자리에 앉아있던 분이 나지막한 목소리로 말씀을 전하셨다. 주변의 다른 분들에 비해 꽤 젊어 보이는 인상이었다.

"기관사를 위한 화장실이 없어서 휴대용 용변기에 용변을 봅니다……."

정말 몰랐던 사실이었다. 아니, 기관사도 사람인데 생

리적 욕구가 발생하면 어떡하라고? 나는 그제야 이들의 의도를 조금 이해할 수 있었다. 만약 토론회 참석을 거부하고 오늘도 연구실에 앉아서 연구를 했다면 이런 상황과 사실을 앞으로도 계속 알 수 없었을 것이다.

"아 네... 그런 일이 있어서 그러셨군요. 제가 잘 몰랐습니다. 죄송합니다."

나는 패널로서는 잘 하지 않는 사과의 말씀을 우선 전했다.

"그래도 블랙박스로 사고원인을 규명하는 것은 중요한데요, 조금 양보해서 자동차 블랙박스처럼 전면만 바라보는 블랙박스를 설치하는 건 어떨까요?"

한바탕 웃음바다가 되었다. 조금 어리숙한 모습을 보인 것 같아 창피했지만, 그 덕분에 살벌했던 분위기가 웃음으로 마무된 것 같아 다행이었다. 내 의견이 즉석에서 수용되기도 했고 말이다.

난 이날 이후로도 철도 종사자의 지적확인 환호응답에 대한 연구를 지속하고 있다. 그리고 블랙박스 설치에 대한 주장은 '기관실 내'에서 '전면방향' 설치로 바꾸어 정책 제안을 하였다.

나의 업무는 여전히 오전 7시쯤 시작된다. 때로는 새벽 5시, 4시 그리고 1시에 출근하기도 한다. 물론 남들은 9시까지 출근하지만 나는 좀더 빨리 움직인다. 업무에 대한 생각과 고민은 잠이 들지 못하게 하기도 하고, 쫓기듯 깨어나게 만들기도 한다.

　어느 블로그 게시판에서 "일찍 일어나는 것보다 어려운 것은 일찍 잠드는 것이다"라는 글을 본 적이 있는데, 정말 그렇다. 마음은 언제나 업무에 닿아 있으니 눈을 감아도 그 어두운 공간에 3차원의 세계가 그려진다. 그런데 힘들지가 않다. 많은 전문가 중 나한테 이렇게 중요한 일을 준다는 것이 뿌듯했고, 그래서 가능하면 더 잘하고 싶은 맘뿐이었다. 남들이 알아주기를 바라서가 아니다. 내가 그렇게 하고 싶은 것이다. 그래서 어떤 날은 딱 4시간만 잠을 자고 회사에 나간 적도 있다.

　난 새벽 출근을 할 때의 그 느낌이 좋다. 아무도 없는 주차장, 아무도 없는 복도와 사무실에 제일 먼저 출근해서 불을 켜는 느낌? 습관적으로 지각하는 사람들은 절대 느낄 수 없는 이 쾌감은 새벽 약수터나 사우나에서 느끼는 것과는 또 다르다. 왜냐면 나는 '일찍 일어난 새'이니까. 물론 여기엔 함정도 있다. 어쩌면 일찍 일어난 벌레일 수도 있다는 것이다. 벌레가 될지 새가 될지는 모르지만, 아무튼 기분은 좋다.

이 정도면 중독이라고 할 수 있겠지만, 일찍 출근하는 것을 포기하기엔 회사의 새벽 풍경은 참 여유롭다. 상사도 없고, 화장실도 혼자 쓰고, 차분하게 자리를 정리할 수도 있다. 하루 일정 계획을 세우는 동안에도 전화기 하나 울리지 않는다. 난 이 시간 동안 직원들 업무분장계획을 세우고, 어제 마치지 못한 일들을 처리한다.

연구원 선배님 한 분이 이런 말씀을 하신 적이 있다.

"9시부터 6시까지 업무시간이란 것은 9시까지 출근하라는 것이 아닙니다. 9시부터 업무를 할 수 있도록 만반의 준비가 되어있어야 한다는 것입니다."

뜻깊은 말씀이었다. 멋지지 않은가? '일을 더 하고 안 하고'가 아니고, 업무시간과 약속에 대한 마음가짐을 포함하고 있으니 말이다. 그래서 나는 중간관리자가 된 지금도 1시간에서 2시간 이상은 먼저 나와서 엔진을 예열시킨다.

물론 주변의 말들을 들어보면 호불호가 갈린다. '일 중독'이라는 사람도 있고, '아랫사람을 배려하지 못한 처사'라는 이야기도 듣는다. 하지만 억지로 누군가를 밟고 상처를 주는 것도 아니고, 주어진 일을 내 역량 안에서 최선을 다하려는 좋은 의도에서 나온 것을 어찌 막을 수 있겠는가. 모두가 비웃을지도 모르지만, 그만큼 나는 내가 하는 일이 보람되고 즐겁고 행복하다. 왜냐면 나는 언젠가 새가 될 거라는 희망이 있는 벌레니까.

물론 언젠가 새가 될 수 있을 거라는 희망만 품고 이 일을 버티기엔 막막하고 힘든 적도 많았다.


오늘은 미팅에서 한 번 얼굴을 뵌 적 있는 디자인 업체의 대표에게 이메일 문의가 왔다. 내게 이메일로 문의해온 안경랑 대표는 독일에서 산업디자인 관련 공부를 하고 오신 국내 유일 전문가로서 철도 운전실 디자인과 안전을 생각하는 유망 강소기업의 대표이사다. 비록 아직은 직원도 몇 명 없는 소기업이지만, 이런 고부가 가치가 있는 지식산업은 기업의 크기가 아니라 그 미래 가치를 염두에 두고 지속적인 관심과 지원을 해야 한다고 생각한다. 그리고 그런 일을 하는 것도 나의 몫이라고 생각한다.

비록 내가 해줄 수 있는 일이라는 게 중앙정부의 정책 방향과 발주 과제 규모 등의 정보를 제공해 주거나, 내가 수행할 과제에 강소기업의 역할이 있는지 타진해 보고,

해외 연구 동향 등의 정보를 공유하는 게 다일지라도 말이다.

그런데 이날의 문의는 조금 달랐다. 경제와 경기가 계속 나빠지고, 직원들의 잦은 퇴사와 기업 아이디어 보안에 문제가 있어서 속상하다는 이야기였다. 대기업과의 경쟁은 어렵고, 모든 시장은 포화상태이니 과연 정정당당함만으로 살아가기가 얼마나 힘들 것인가? 이메일로 위로의 말씀을 전해 줄까 하다가, 마음을 바꿔 전화기를 들었다.

"박사님! 안녕하세요?"

늘 통통 튀는 적극적인 목소리를 들으면 그분 특유의 긍정적인 아우라가 전해진다.

"요즘 많이 힘드시죠?"

먼저 안부 인사를 물었다.

"박사님 덕분에 잘 지내요……."

해 준 것도 없는데 또 이리 치켜세워주신다.

서로 근황도 나누고, 여유롭게 대화를 나누고 싶었으나 아침부터 전화에 시달려 바쁜 마음에, 준비한 말을 쏟아냈다.

"우리는 아직 젊잖아요. 젊으니까 힘이 없고요. 그래도 다시 생각해보면, 당장은 힘이 없더라도 나중엔 어떤 힘을 갖게 될지 아무도 모르잖아요. 그러니까 그냥 남들보다 더 도전하고, 남들보다 더 밤새우고, 모든 것을 우리 젊음이 감당할 수 있을 만큼의 최대치까지 끌어낸다고 생각해보죠. 우리가 지금 힘든 것은 모자라서가 아니라, 때를 기다리는 것뿐이니까요."

한마디 더 거들었다.

"우리는 노력하니까 한계에 부딪히게 돼요. 그런데요. 부딪혀봐야 경험이 쌓이고, 이런 아픔의 시기가 있어야 우리도 그 자리... 그 자리가 어디인지 모르지만, 대표님 마음 속 그리고 내 마음 속의 그 자리에 갈 수 있지 않을까요? 다른 이는 그럴 꿈도 자격도 없어요! 저는 대표님 믿고 있습니다. 안 풀릴 고민은 다 잊어버리시고, 중요한 것이라면 하나도 피하지 말고 몸으로 다 받아내세요. 저는 잘 될 거라 생각합니다."

대표님도 대답이 없고, 나도 목이 메어왔다. 아무리 좋아하는 일을 해도 시달리는 나를 돌이켜보며, 나에게 응원한 것이다.

우린 서로에게 "파이팅!"이라고 격려하고 전화를 끊었다. 잠시 마음이 먹먹해 왔다.

'열정은 좋지만, 그 대가는 참 크구나.'

기
나
긴

밤
의

시
작

,

・・・

연구원이 세종시로 이전하면서 좋은 것도 많지만, 힘든 점도 있다. 지금까지의 주 거래처와 업무 중심지가 서울이라는 것이다. 아직도 세종에서 서울로의 출장은 정신적, 육체적으로 매우 큰 부담이다. 게다가 한 번 출장에 하루가 후딱 날아가 버린다. 상황이 이렇다 보니 회의는 더 압축해서 짧게 해야 한다.

그래서 나는 주로 점심 시간을 이용하여 점심 식사와 미팅을 함께하는 BBL(Brown Bag Lunch) 미팅을 주재하고 있다. 회의실에서 시간에 쫓기며 미팅을 하느니, 차라리 식사 시간을 쪼개어 여유롭게 이야기 나누는 게 더 편했다. 직장 동료들을 한자리에서 볼 수 있는 좋은 기회도 되니 일석삼조의 효과가 있는 셈이다.

일반적인 업무만으로도 이미 용량 초과인데, 세종과

서울을 오가며 회의까지 하니 정말 눈코 뜰 새 없이 바쁜 하루하루를 보내고 있었다.

그런데 그날은 무언가 이상했다.

"지금부터 회의를 시작하겠스미..."

말끝이 정확하게 마무리가 되지 않고 자꾸 발음이 샜다. 왼손에 잡고 있던 휴대전화도 자꾸 놓치고 떨어뜨린다. 조용한 회의 시간에 소음을 만들어 민망하기 짝이 없다. 왼쪽 손이 무딘 것이 조금 이상했지만, 어디가 아픈 것도 아니고 회의 중이라 아무렇지 않은 척하며 한 시간 뒤 회의를 마쳤다. 요 며칠 특히 무리하고 있었고, 오늘은 아침부터 이런저런 전화에 시달리고 안경랑 대표와 격려의 전화를 주고 받은 후 곧장 회의에 참석한 터라 신경이 과민해져서 그런 것이라 생각했다.

하지만 연구실로 돌아가는 길이 너무 힘들다. 자꾸 왼쪽 발이 끌리고, 작은 턱에도 탁탁 걸려서 넘어질 뻔했다. 게다가 휴대전화를 자주 놓칠 정도로 감각이 떨어진 손은 문고리를 잡고 여닫는데도 자꾸 힘이 빠졌다. 문은 못 열고 몸만 가니 문에 몸을 부딪치는 슬랩스틱 개그가 계속되었다.

'오늘 내가 왜 이러나? 보통 일이 아닌 것 같은데…….'

웃고 넘어가려 했지만, 오늘 반복된 일련의 행동을 돌이켜보니 특징이 있었다. 말할 때 발음이 정확하게 되지 않았고, 팔과 다리 모두 왼쪽이 무뎌지고 운동능력이 떨어졌다. 곧 섬뜩한 두려움이 몰려왔다. 작년에 연구했던 "교통사고 응급대응 교통체계연구"와 관련해 의료분야에 자문받았던 내용이 떠올랐기 때문이었다.

삼성의료원 응급실 전문의를 만났을 때 이런 질문을 한 적이 있다.

"중증환자 중에서 병원에만 일찍 도착하면 생존율이 현저히 높아지는 질환이 있나요?"

연구보고서에 중요한 실마리가 될 것 같아 준비한 질문은 아니었지만, 중증외상환자를 다루는 전문의를 인터뷰하고 있는 지금이 내 개인적인 궁금증을 해소할 기회다 싶었다. 조금 골똘하게 생각하시던 선생님께서는,

"아… 그렇다면 뇌출혈 환자겠네요."

라고 말씀하였다.

"외상으로는 판단이 어렵지만, 뇌출혈이 있는 경우 병원에만 일찍 도착하면 어느 정도 조치가 가능합니다. 하지만 늦어지면 심각한 후유증 또는 사망에 이를 수 있습

니다."

"아, 그럼 뇌출혈이 있을 때는 어떤 증상들이 있나요?"

"발음이 어눌해지고, 편마비가 발생하며, 구토와 두통
이 발생합니다. 하지만 교통사고 당시에는 대부분 의식이
없어서 병원에 도착하고 나서야 알 수 있습니다."

누가 뇌출혈로 아파봤겠는가?

의사 선생님도 환자를 직접 겪어보거나 전공 서적을
통해서 배워보고 나서야 아셨을 텐데, 나는 오죽했을까.
무언가 잘못 돌아가고 있다는 느낌을 받았지만, 조용히
연구실에 돌아올 수밖에 없었다. 어느 정도가 이에 해당
하는지 알지 못하고, 심증만 겨우 찾은 상태라 주위 사람
들에게 내 몸이 심상치 않으니 119에 전화해달라고 말하
기 민망했다. 그렇게 유난을 떨고 응급실에 갔다가 사실
은 별거 아니면 어떡하란 말인가? 괜히 엄살 부리는 것
같아 부끄러웠다.

그러나 점점 마비가 심해지니 이제는 확신이 섰다. 더
이상 망설일 수 없었다. 나는 곧장 함께 연구를 수행하
고 있는 이혜선 연구원에게 병원에 같이 가달라고 부탁하
고 이동 준비를 부탁했다. 나를 가장 잘 알고 있는 사람이
며, 연구내용도 잘 이해하고 있으니 가장 든든한 내 편이

었다. 그런 다음 보고서와 인터넷으로 증상과 골든타임을 확인했다. 병명과 증상마다 골든타임이 다르기에 뇌출혈의 골든타임을 명확히 알고 싶었다. 그래야 이송부터 병원에 처치를 받을 때까지 시간을 효율적으로 배분할 수 있을 테니까.

복수의 인터넷 정보를 통하여 뇌출혈의 골든타임이 180분이란 것을 확인했다. 피가 철철 나오는 외상은 아니라 확신할 수는 없지만, 분명 뇌병변은 확실한 것 같았다. 뇌병변은 무조건 중증이기에 스스로 '아닐 거야, 아닐 거야'라고 계속 외쳐댔다. 더는 침착함을 유지할 수 없을 정도로 나는 불안해하고 있었다.

골든타임 확인과 함께 가장 적절한 병원도 검색했다. 내 보고서에 인용했던 문화일보 기사에 따르면 전체 중증외상환자 중 1,100명은 다시 다른 의료기관으로 이동한다고 한다. 그중 절반 이상이 중환자실 부족이나 응급수술·처지 불가능, 병실 부족 등 의료상의 이유로 병원을 옮겼다. 중증외상환자의 상당수가 치료 가능한 병원을 찾느라 시간을 허비하고 있는 셈이다.

또 질병관리본부에서는 지난 2011년 서울·강원지역

응급의료기관에 이송된 중증외상환자들이 응급수술을 받기까지 대기한 시간은 총 242분에 달한다고 브리핑했다. 수술이 급하지 않은 환자까지 합치면 무려 4.3일이라는 긴 대기시간이 걸렸다.

　나는 의료상의 이유로 길바닥에서 시간을 허비하고 싶지 않았다. 그러나 대학병원은 거리가 너무 멀었다. 대신 이곳과 가장 가깝고 심혈관 질환센터가 있는 '선병원'이 가장 적절한 것으로 판단되었다.

　병원까지 결정하고 나는 이혜선 연구원의 자가용을 이용해 이동하기로 했다. 엘리베이터를 누르고 이혜선 연구원의 부축을 받아 서 있는데, 망할 놈의 엘리베이터는 늘 급할 때 안 온다. 초조한 마음에 계단을 통해 건물을 빠져나가기로 했다.

　몸무게 80킬로인 남자가 절뚝거리는 모습으로 40킬로 남짓 여직원의 부축을 받아 계단을 내려가는 그 모습이 얼마나 위태로워 보였을까? 민망하고, 사람들 시선이 신경 쓰였다. 다른 한편으로는 남이 신경 쓰이는 걸 보니 큰 병이 아닐 수도 있겠다고 생각했다.


　아끼는 정장 바지에 구멍이 날 정도로 넘어지고, 여러

사람의 부축을 받은 끝에 무사히 현관 밖으로 나올 수 있었다. 그런데 생각해 보니 내 동행자는 면허를 딴 지 이제 한 달 된 완전 초보운전자다.

'이거 사람을 제대로 선택한 거 맞나?'

초보운전 차에 탑승하는 내가 더 걱정되기 시작했다.

일단 차에 올라타서 휴대전화 내비게이션에 선병원을 검색한 결과, 아뿔싸! '대전 선병원'과 '유성 선병원'으로 2개의 결과가 나왔다. 생각지 못한 일이었다. 거기다 두 병원은 서로 40분 정도의 거리만큼 떨어져 있었다.

만일 처음 도착한 병원에서 일시적으로 전문의가 부재중이거나, 의료시설(수술장비)의 문제가 있거나, 그 외의 어떤 이유에서든지 전원(轉院)을 해야 할 상황이 발생한다면 골든타임을 놓칠 가능성이 있었다.

연구원이 세종에 이전한 지 이제 넉 달밖에 되지 않아서 아직 지리에 익숙지 않았기 때문에 서로 이 문제를 해결해주길 기대할 수 없었다. 어찌할지 감이 잡히지 않았다.

나는 곧바로 출발하지 않고 생각했다. 신속성보다 정확성이 필요한 때였다. 180분의 골든타임 내에서 의료진이 사용할 40분의 여유시간을 두고, 이미 회의에서 허비한 60분을 제해도 80분의 여유시간이 있었다.

결국 불안하다고 무작정 병원 한 곳을 찍어 가는 것보다 정확한 병원 정보와 상황을 확인할 수 있는 119구급대에 도움을 요청하기로 결정했다.

사실은 구급차를 부르면 요란한 사이렌 소리를 울리며 구급대원 여럿이 나를 침대에 옮길 것이고, 그러면 주변 사람들의 관심을 받게 되니 그게 부끄러워서 직원 차를 타려던 내 속내가 있었지만, 이제는 길이 없었다. 나도 시간을 허비하는 바보 같은 행동을 하고 있었으니 정말 숨기고 싶은 비밀이다.

요란한 사이렌 소리가 울리고 앰뷸런스가 도착했다.

꿈에 그리던 오렌지색 유니폼의 구급요원을 보니 안심되었다. 뒤늦은 판단이었지만 구급대에 도움을 요청하고 기다린 것은 정말 다행스러운 일이었다.

나는 구급대원들이 알아들을 때까지 연신 "뇌출혈. 뇌출혈. 뇌출혈"이라고 중얼거렸다.

이제는 발음도 안 되고 목소리도 잘 안 나온다. 그래도 이 말을 최선을 다해 중얼거린 까닭은 나는 의사도 아니고 경험도 없지만, 이렇게 피 한 방울도 안 나고 멀쩡해 보이지만 시간이 없다는 말을 전하고 싶었기 때문이다.

그리고 내 정보를 병원에 전달해달라는 것이었다. 어

차피 응급실 일이 아니고, 전문의의 외과적 수술이 동반될 터인데, 의사도 수배하고, 수술실도 수배해야 할 것 아닌가? 마비가 상당히 진행된 터라 체면이고 뭐고 없이 이렇게 어눌해진 발음으로 계속 중얼거렸다. 나는 구급대원이 이동 중에 병원과 연락하는 소리를 듣고서야 맘을 놓을 수 있었다.

정말 다행이었다. 급한 마음에 보호자와 둘이서만 자가용으로 이동했다면 곤란할 뻔했다. 중간에 더 위험한 상황이 발생했을 때 제대로 대처할 수 없었을 것이고, 병원을 옮겨야 하는 상황이라도 발생했다면 대책 없이 길에서 시간을 보내며 골든타임도 놓쳤을 것이다. 지금 죽게 된다면 유언으로라도 응급이송은 꼭 119구급대의 도움을 받아야 한다는 말을 전하고 싶다.

"얼굴이 마비되고 발음이 잘 안 되는 등의 초기 증상이 특징인 뇌졸중 환자는 골든타임보다 *30분* 정도 늦은 평균 *3시간 24분* 뒤에 병원을 찾는 것으로 집계됐다. 제때 치료를 받지 못하면 후유증으로 평생 장애를 얻거나 숨질 수도 있는데, 특히 뇌혈관질환 후유증에 따른 사망자 수는 *2000년 2천 4백* 명에서 *2013년 9천 2백* 명으로 *4배* 가까이 증가했다."

— MBC 이브닝 뉴스(2015.9.30.)


지난 연구에서 조사한 기사들이 머릿속을 스쳐 가고 있다.

뇌졸중은 발병하기 전에는 전조증상을 느낄 수 없다고 알려져 있다. 내 경험에도 정말 발병 후에야 증상이 나타나기 때문에 환자나 주변인들이 뇌졸중을 인지하는 것은 사실상 불가능하다. 주변 사람들과 환자 본인도 피곤해서 그런 것이라 생각하고 대수롭지 않게 넘기기 십상이다. 결국 환자가 눈에 띄는 증상을 보이고서야 병원에 가게 되는데, 그땐 이미 골든타임을 한참 넘긴 경우가 대부분이라 사망에 이르거나 뇌에 심각한 손상을 입게 된다.

그만큼 뇌졸중은 소리 없이 찾아와 생명을 앗아가는 치사율 높은 병이다.

나는 천만다행으로 근무시간 중, 그것도 정오 즈음해서 발병했다. 덕분에 알아차릴 정신도 있었으며, 도와줄 동료도 많이 있었다. 지금으로서 얼마나 위중한 상황인지는 모르겠지만, 뇌졸중 전문병원 응급실에 와서 최상의 의료서비스를 받을 수 있으니 불행 중 다행이 아닐 수 없다.

보호자로서 함께 해준 이혜선 연구원과 나를 부축해 준 사람들 모두에게 정말 고마웠다. 그리고 이렇게 가까운 데 병원이 있는 게 얼마다 다행인지 모른다.

내 보고서에서 밝힌 바와 같이 교통전문가로서 골든타임 내에 병원에 도착하게 하는 것은 나의 역할이지만, 지금부터는 의료진의 몫이다. 이제 내 손을 떠났으니 전문의가 잘해줄 것이라 믿어야 했다.

'긴급수송은 교통전문가에게, 진료는 의사에게.'

난 그 와중에도 머릿속으로 이런 광고 패러디를 하고 있었다. 아침부터 시달리고 있으니, 이젠 좀 누워서 푹 쉬고 싶었다.

'한숨 자고 일어나면 별일 없겠지?'

그렇게 난 의식을 잃어가고 있었다.

누군가 내 머리를 깎고 있다.

'아야! 아직 깨어있어요, 살살해 주세요.'

내가 다음에 오면 좋은 면도기를 기증해야겠다. 늘 환자는 약해지나 보다. 정말 아팠다. 그래도 민머리가 되었을 모습을 생각하면 입가에 미소가 지어진다. 나 웃고 있는 건가? 어떻게 이 와중에 이렇게 긍정적일 수 있을까? 나도 나를 정말 못 말리겠다.

내가 했던 대처가 완벽하다고 할 순 없지만, 안전전문가로서 신속한 이동과 안전을 위해 내가 했던 몇 가지 대처 방법이 있다.

먼저 함께 연구하고 나를 잘 아는 연구원을 보호자로 지정하고 함께해줄 것을 요청했다는 것이다. 보호자는 내가 정신을 잃어 상황판단을 못할 때 내 증상과 상태를 의료진에게 전달해 줄 사람이기 때문에 중요하다. 또 내 지갑과 사원증, 휴대전화를 챙겼다. 지갑을 챙긴 것은 혹시 병원에서 접수해야 치료해준다고 하는 믿지 못할 해프닝이 생길까 봐 서였다. 정말 많은 경우의 수를 생각하고 있었던 것 같다. 내 생명은 하나인데, 철저히 준비하지 못해 위중해지면 너무 허무하지 않은가?

두 번째 행동은 병원을 검색해 본 것이다. 전원을 하

는 경우 80%가 사망한다는 사실을 알고 있었기 때문에 정확한 병원을 한 번에 찾아가고 싶었다. 특히 세종시는 아직 의료서비스가 부족했기 때문에 한 번 병원에 잘못 가면 이송으로만 골든타임을 놓칠 가능성이 높았다.

그런데 대도시는 상황이 조금 다르다. 환자가 전문병원보다 대형병원을 훨씬 더 선호하다 보니 대형병원 응급실에서 치료를 못 받고 기다리다가 위독해지거나 사망에 이르는 경우가 더 많다. 119에서는 환자가 가고 싶다는 곳보다 대기시간이 적고 치료가 가능한 전문병원을 가고 싶어 하지만, 환자가 대형병원만 고집하는 경우가 많아 여러모로 입장이 난처하다.

마지막은 골든타임을 확인하고, 의료팀에게 미리 증상과 병명을 알려 처치할 수 있는 시간을 벌어주었다는 것이다. 만약 승용차로 출발했더라도 119와 중간에 만나서 가는 방법도 있다.

이렇듯 나는 요행으로 골든타임 내 병원에 도착한 게 아니다. 지난 연구를 떠올리면서 가능한 한 빨리 정확한 의료기관에 이송될 수 있도록 전략을 짰기 때문에 가능했던 것이다. 지금 생각하면 매우 침착한 대응이었던 것 같다.

품위 있는 죽음

**,**

   • • •

     이런저런 생각과 함께 꿈을 꾸고 있다. 그러다 다시 머릿속이 뿌옇게 되면서 아무것도 할 수 없게 된다. 생각도 느낌도 없다.

     간호사와 의사의 분주한 구둣발 소리가 들려온다. 점점 의식이 돌아오고 있는 것이 느껴졌다. 얼마나 지난 건지, 눈은 희미하게 눈꺼풀을 밀어 올리려 애쓰고 있는데 무거워 잘 떠지지 않는다. 눈곱이라도 말라붙었는지 뻑뻑하고 불편했다.

     눈앞에 부모님과 가족들의 얼굴이 보였다. 아마도 수술이 끝난 중환자실인 듯하다. "수술은 잘되었나요? 너무 놀라셨죠? 죄송합니다!"라고 말하고 싶었지만, 목소리가 나오지 않았다.

     몸의 왼쪽 부분만 잘려 나간 것 같았다. 왼쪽의 볼, 입술, 손, 발, 심지어 가슴, 배도 느껴지지 않았다.

움직일 수 없으니 죽고 싶을 정도로 답답했다. 경직되고 움직일 수 없는 몸을 받아들일 수 없었다. 내 삶이 다른 사람보다 활동적이지는 않았지만, 신체검사 1등급으로 군에 입대하여 건강한 체격과 체력으로 군 생활을 하였다. 또 걷는 거 하나는 웬만해선 지치지 않고 잘 걸었다. 그런데 난 도저히, 움직일 수 없었다.

믿기 힘든 현실이 흐릿해지며, 잠이 들었다.


다시 눈을 떴을 때는 중환자실 면회시간이었다.

병풍처럼 침대를 둘러싼 사람들이 있었다. 많이 본 사람들인데, 빨리 떠오르지 않는다. 그러다 정신을 차려보니, 가운데 내 최고 상관인 연구원 원장님이 계시지 않은가? 그냥 반사적으로 몸을 일으켜 인사를 드리려 했다.

"어어어~~~ 가만있어 이 박사. 누워있어."

머리에는 기다란 관이 달려있고, 온몸을 칭칭 감고 있는 주사와 온갖 장비들로 움직이기 힘들었다. 어쩔 수 없이 다시 힘을 빼고 누웠다. 정말 불편했다.

"워자니 아녀하세여, 제소함니...

(원장님 안녕하세요. 죄송합니다.)"

원장님, 부원장님, 각 부서의 본부장님까지 총출동하셨다. 간부회의를 해도 될 판인데, 여러 직원을 대표해 응원과 위로를 해 주러 오신 것이다.

"이 박사 지금 뭐가 제일 불편해?"

"마리 안 나와요, 목소리가 제일... 말하고 시퍼요."

(말이 안 나와요, 목소리가 제일... 말하고 싶어요.)

"이 박사 말하는 거 좋아하는데 그게 제일 답답하구먼?"

근심에 가득 찬 얼굴이지만, 내 솔직한 대답에 한바탕 웃음바다가 되었다. 나도 내 대답에 웃고 말았지만, 정말 말이 안 나오는 게 제일 답답한데 어쩌란 말이냐.


또 잠들었나 보다. 그런데 누군가 나를 깨운다.

"여기 아파요?"

"아! 아파여~~~"

아픈 데를 찌르면서 아프냐고 묻는 이 심보는 뭐란 말인가? 난 너무 억울해서 면회시간에 찾아온 가족에게 일렀다.

"누가 자꾸 와서 괴롭히고 가요."

알고 보니 그 누군가는 내 수술을 집도하신 주치의 선

생님이셨다. 수술 경과를 보기 위한 절차인데, 당시 내 딴엔 아픈 곳만 찔러대는 의사 선생님이 나를 박대한다고 생각해 그저 서운하기만 했다.

나를 돌봐주신 심혈관센터 신경외과 과장인 강창우 선생님은 나이도 같은 내가 측은해서인지, 수술이 잘 되었는데도 자주 찾아와서 경과를 봐주시곤 했다. 정말 책임감이 투철하신 분이다. 내 머리에 구멍을 내주신 선생님이라 내게는 잊을 수 없는 은인이다.

그분께 나는 늘 말이 잘 안 나온다 상담했다. 팔다리의 마비보다 말하는 데 집착하는 나를 보며 좀 특이하다고 생각했을 것이다.


솔직히 별로 살고 싶지 않았다.

이렇게 큰일이 될 줄은 몰랐는데, 사고 이후 내 삶은 너무나 변해 버렸으니 말이다. 아무것도 할 수 없는 중환자실의 생활……. 혼자서는 불편한 몸을 움직이지도 못하고, 잠만 자다가 잠시 깨어나는 일상이 반복되었다. 당장 일어나 직장으로, 집으로 돌아갈 수 있을 것 같은데, 너무나 달라진 현실이 서글펐다.

무엇보다도, 스스로 대소변 처리가 안 된다는 사실이

믿기지 않았다. 그냥 눈을 감으면 다시 원래대로 돌아가거나, 아니면 영원히 깨어나지 않았으면 좋겠다. 살아있는 의미를 찾기 힘들었고, 이런 몸으로 살고 싶지도 않았다. 가족들 앞으로 해 놓은 생명보험이 있으니, 내가 조용히 사라질 수만 있다면 얼마나 좋을까?

시간이 갈수록, 이전의 몸 상태로 돌아가지 않는다는 현실을 알아갈수록, 삶의 목적이 희미해져만 갔다. 눈물이 주르륵 흘러내렸다. 이보다 더 우울한 적은 없었다. 그동안 미래만 바라보고 살다 보니 마음껏 놀지도 못하고 뛰어보지도 못했는데, 지난날이 아깝게 느껴져 서러웠다.

나의 고민은 단 하나로 집중되었다.

'죽고 싶다. 단, 품위 있게 죽고 싶다.'

품위라고 해서 뭐 거창한 게 아니었다. 그저 너무 더럽고 험한 꼴로 주검을 보여주고 싶지 않다는 것이었다. 당시 내 희망은 그냥 조용히 약에 취해서 자는 모습 그대로 죽는 것이었다. 더 흉한 모습이 아닌 상태로 죽는다면 가족들도 덜 슬플 것 아닌가?

그런데 죽을 방법이 없다. 방법만 있다면 지금 바로 실행할 수 있을 것 같은데, 내 행동은 제약되어 있으니 도무지 방법이 없었다.

침대에 누워만 있자니 한숨만 나온다. 난 대학원 시절부터 어떤 스포츠도 하지 않았다. 운동을 하면 피로가 쌓일 것이고, 피로가 쌓이면 연구수행에 방해가 된다고 생각해 움직임을 최소화하려고 노력했다. "숨쉬기 운동"이 운동의 전부였고, 그렇게 오랫동안 운동과 피로의 악순환 속에 살았다.

그래서 이렇게 된 걸까? 이제 내가 할 수 있는 운동이라곤 숨쉬기 운동 말고는 없으니 말이다.

"운동은 무엇을 하나요?"

"숨쉬기 운동이요."

새로운 의사를 만날 때마다 이런 질문을 받고, 항상 저런 답을 했다. 그러면 잠시 당황하다가 껄껄 웃으며 넘어갔지만, 대부분 의사 선생님은 '숨쉬기 운동만 한 것'이 병세를 키운 원인이라고 했다.

"팔다리가 얇고, 배가 볼록 나오고, 머리가 큰 것은 미래 인류의 모습으로 이 정도면 꽤 진화된 미래형 인간의 매력 있는 볼륨이라고 할 수 있지요. 멋지죠? 저 사람의 몸매는 진화가 덜 된 과거의 체형입니다."

근육이 탄탄하고 건강미 넘치는 남자들이 주변에 있으면 나는 이런 농담을 즐겨했다. 이제는 모든 것이 후회스럽다. 후회 없이 살아온 줄 알았는데, 이렇게 후회할 것이 많다니…….

품위(?) 있게 죽을 수 있는 방법을 머릿속으로 계속 시뮬레이션했다.

6개월이 지났지만, 여전히 수면제 없이는 잘 수가 없다.

학부시절 우연히 본 영화 〈청원〉이 떠오른다. 이름을 떨치던 마술사가 사고로 전신마비가 되자 안락사를 선택한다는 내용에 잔잔한 충격을 받았던 기억이 난다. 삶과 죽음의 선택이 있다면 망설임 없이 늘 삶을 선택했던 나는 오랫동안 주인공이 선택한 죽음을 동의할 수 없었다. 하지만 내가 병원에 누워있게 되자 영화 속 주인공의 선택을 이해할 수 있을 것 같았다. 비슷한 상황이라는 느낌 때문일까? 아니면 생각이 변해서일까?

그보다는 이 영화가 말하고 있는 주제가 내 가슴을 위로해 주는 것 같았기 때문이다.

낙천적이고 긍정적인 성격의 주인공은 전신마비로 살아가는 삶이 힘들기 때문에 죽음을 선택한 게 아니었다. 인간의 존엄을 잃고 싶지 않아서였다.

생물학적 기능의 상실로 인한 의존적인 생활은 인간의 고귀한 사랑마저 포기하게 만든다. 소박한 사랑조차 주변의 시선으로부터 자유로울 수 없다. 또한 한 번 건강이 깨져버리면 지속적으로 병원에 다녀야 하고, 온갖 후유증과 합병증에도 시달려야 한다. 할 수 있는 것이라곤 한정된 공간에서 반복되는 지루함에 홀로 맞서는 것뿐이다. 자아실현의 욕구는 사치가 되며, 사람들로부터 잊혀가는 내 모습을 내 눈으로 지켜봐야 한다. 두려웠다. 결국은 생활고에 시달리게 되고 모든 상황이 절망으로 치달을까 봐······.

'뇌병변'이 무서운 이유는 머리는 예전과 똑같이 인간의 욕구와 사랑이 그대로 남아 있는데 신체적으로는 실현하기가 불가능해진다는 것이다. 이상과 현실 사이의 괴리가 너무 깊고 넓었다. 욕구는 그대로인데, 모든 욕구를 참아야 한다니 이런 불행이 어디 있겠는가?

인간으로서 최소한의 프라이버시와 부끄러움의 표현도 사치가 되는 삶. 죽지도 못하고 억지로 살아야만 하는 삶. 지금 내가 견뎌야 하는 삶이 바로 그런 삶이었다.

화장실조차 혼자 갈 수 없다. 대변을 보고 뒤처리를 내가 할 수 없다는 수치심에 가능한 참고 참다가 변비가 생기고 말았다. 심지어 관장을 하게 되었으니, 남에게 못 보일 꼴만 더 보여 버렸다.

어제까진 멀쩡했던 것 같은데, 지금 이 현실은 정말 죽고 싶다는 말 말고는 표현이 안 됐다. 움직이지 못하는 불편함은 간병인도 있고, 환자를 이해해 주고자 하는 보호자도 있으니 버틸 만했다. 그러나 바라는 건, 혼자 화장실을 가고 싶다는 작은 소망이었다. 몸이 멀쩡한 분들이 그걸 이해해 줄 리 만무했다.

예전 같으면 죽고 싶다고 말해도 모두가 웃어넘겼겠지만, 지금은 감정 표현 하나에도 힘들어하는 사람이 많으니 맘을 숨겨야 한다. 다시는 정상적으로 돌아가지 못해 예전처럼 직장생활을 할 수 없을지도 모른다는 생각과 좋은 가장이 되기에 글러 먹었다는 생각에 너무나 답답하고 불안한데, 이 마음을 표현하면 안 된다. 도무지 나는 없고, 남을 위해 연기하는 빈껍데기만 남은 것 같았다.

죽고 싶어도 죽을 수 없는 현실, 난간에 혼자 올라가 떨어질 수도 없는 이 심정……. 여기저기가 아프고, 주사에 약을 매 끼니때마다 한 줌씩 먹고 있는데 나아지는 것은 없다.

침대에 누워서 손가락에 껴있는 심장박동 측정기를 몰

래 뗐다. '띠~~~~' 하고 경고음이 난다. 숨을 꼭 참고 이
대로 끝내고 싶다. 내가 혼자 할 수 있는 것은 오직 숨쉬
기 운동뿐이니, 가장 품격 있는 죽음은 이 방법일 것 같
다. 하지만, 그 경고음 때문에 간호사가 후다닥 달려온다.

실패다.


위험한 고비를 넘긴 뒤 서울의료원으로 병원을 옮겼
다. 이제는 중환자실에서 일반병실이다. 그래도 붙어있는
목숨이라고, 창가 옆자리가 탐이 났다.

'어쩌면 그제랑 이렇게 다를까?'

이미 병마와 싸우고 있는 선배들이 차지한 병실에서
창가 자리가 남아있을 리 없었다. 그나마 다행(?)인 것은
TV에서 연일 메르스 관련 속보가 발표되고 있어서 아무
도 이 병원으로 오지 않으려고 해 한산한 병실에 배정받
게 되었다는 거다.

뇌혈관 질환은 노인 환자가 대부분이라 내가 거의 막
내 환자였는데, 여기는 창가 옆에 고등학생으로 보이는
한 환자가 있었다. 아직 앳된 얼굴에 얼마나 해를 안 봤는
지 뽀얀 피부를 뽐내며 곤히 자고 있다. 보호자도 그저 무
심히 자리를 지키고 있는 것이 이상했다. 인물도 훤하고,

한참 어려 보이는 데 무슨 사연으로 이곳에 있는지 궁금했지만 첫날부터 나설 일은 아니니 조용히 인사드리고 내 자리에 누웠다. 옆 침대의 명찰을 살짝 보니 재윤이라 적혀 있다.

저녁이 되도록 어린 환자 재윤이는 잠만 잤다.

어쩜 저렇게 잘 잘 수 있을까? 난 생각에 생각을 거듭하느라 불면증에 잠을 잘 자지 못하는데, 재윤이는 미동도 없이 쿨쿨 잘도 잔다. 식사시간이 되었는데 밥도 안 먹는다.

'뭐 이런 보호자가 다 있어?'

엄마로 보이는 보호자를 씁쓸한 얼굴로 쳐다봤다.

"저기요... 삼촌?"

내 표정이 기분 나빴나? 재윤이 어머니가 말을 건다.

"삼촌은 그래도 참 보기 좋네요."

'이게 뭔 소리인가? 속도 모르고 좋긴 뭐가 좋아?'

"재윤이는 벌써 이 년째 못 깨어나고 있어요, 삼촌 보니깐 부럽네요……."

2년 전 고등학교 수학여행에서 버스 사고가 났었는데, 유독 재윤이만 많이 다쳐서 뇌수술을 받고 아직 깨어나지 못하고 있다고 했다. 아이 때문에 부모님은 모든 일을 접고 이 년째 재윤이 눈뜨기만을 기다리고 계셨던 거다. 눈뜨면 병원 전체에 떡을 돌릴 거라며 선언도 했다고 하신다.

누워있는 재윤이보다 재윤이 어머니 모습 때문에 잠이 오질 않는다. 내가 자만했던 것인가? 이렇게 볼 수 있고 들을 수 있다는 게 얼마나 소중한 것인지 모르고 '예전처럼 살 수 없으면 죽음을 달라!'라고 투정이나 부리고 있으니 말이다. 죽는 것보다는 살아있는 게 그래도 더 행복한 것 아닌가?

삶이 이렇게 소중한데, 그동안 감상적인 생각에만 빠져 있었던 것 같아 부끄러웠다.

'되돌릴 수 없다. 돌아갈 수 없다. 하지만 내가 이렇게 살아있고 정신이 남아있는 것은 아직 해야 할 일이 남아있기 때문에 신이 기회를 주신 것이다.'

나는 스스로 그렇게 외쳤다.

그저 어둡고 막막하기만 했는데, 맘속 목소리에 점점 힘이 생기기 시작했다.

'이렇게 포기하면 안 된다. 뭐든 필요한 일에 쓰이기 위해서는 강해져야 한다. 내가 할 수 있는 만큼 내 쓰임이 커질 것이다. 우선 받아들이자. 예전처럼 살 수 없다. 내가 무리하고 건강을 챙기지 못해서 발생한 일이기에 이만 하기 다행이다. 이제는 내 삶을 다시 찾아야 한다. 이렇게 허무하게 찌그러지려고 달려 온 것이 아니다. 난 꼭 돌아가야 한다. 내가 일하던 그곳으로⋯⋯.'

지금까지 꿈을 위해 달려왔다. 아직 꿈을 버릴 수 없었다. 정상까지 도달하기 어려운 산들도 만났지만, 그때마다 최선을 다해 넘어왔다. 몸이 나으면 다시 면접을 준비해 입사해야겠다는 각오까지 새로웠다. 건강을 되찾아야 한다.

그리고 무엇보다 다시 걸어야 했다.

네 번째 움직임,

그리고
다시 걷다

아직,
새벽

,

. . .

　　아무 표정도 목소리도 없이 누워만 있는 아들을 지켜보는 재윤이 어머님 곁에 이젠 나도 함께였다. 재윤이는 모르겠지만, 내가 꼭 재윤이 삼촌이 된 것 같았다.

　　병실에서 누군가와 가까이 지내는 건 심리적 안정을 위해서도 좋다. 마음을 열게 되고, 홀로라서 외로운 시간도 웃으며 보낼 수 있게 된다. 필요할 때는 도움을 청할 수도 있고, 도움을 줄 수도 있다. 서로가 서로에게 용기를 얻고, 때로는 위로하며 힘든 시간을 함께 극복해 나가는 동지가 되는 것이다.

　　이제는 단짝이 된 재윤이와 재윤이 어머님에게 인사하며 아침마다 재활치료실로 간다. 재활치료실에서는 운동치료와 작업치료, 통증치료를 받을 수 있다. 사실 여기로 오기 전까지는 그런 분류 자체를 모르고 있었다. 운동

치료는 큰 근육을 중심으로 일어서고 걷고 앉는 기능과 균형감각과 근육강화를 위한 치료이다. 작업치료는 일상생활로 복귀하기 위해서 손 기능과 인지·판단 기능 등을 훈련한다. 통증치료는 우리가 잘 알고 있는 물리치료로 전기치료와 찜질 등을 통해 강직으로 굳어진 근육을 치료한다.

나는 신입 환자이니 어느 치료 하나 쉽지가 않다. 선생님들은 때로는 '악!' 소리가 나도록 관절을 비틀거나 굳은 관절을 움직여보라고 호통을 치신다. 이마에 땀방울이 맺힐 정도로 도와주시는 선생님들을 보면 나도 열심히 따르고 싶은데, 굳어진 근육을 펼 때마다 화가 날 정도로 아프다.

나는 아직 거동이 힘들어 휠체어를 타고 치료받는데, 어떤 어르신은 지팡이를 이용해 천천히 걷는 재활을 하고 계신다. 개개인의 사연이 다르듯 치료 진도도 제각각이다.

아직 갈 길은 멀지만 작은 꿈을 꾸며 다짐했다.

'내가 걸을 수 있다면 나는 절대 걸음을 멈추지 않으리라.'


뇌졸중 등의 중추신경계에 장애가 발생하면 얼굴이

찌그러진다. 일종의 강직이 오른쪽 또는 왼쪽에 발생하는 것인데, 이 때문에 뇌병변 환자들은 팔다리가 굽고, 얼굴이 찌그러지는 것이다. 나는 그런 강직이 비교적 얼굴에는 발생하지 않았지만, 처음 환자들끼리 얼굴을 마주 볼 때 어색하기 짝이 없었다. 하지만 웃을 때만큼은 언제나 예쁘다. 그래서 미소 짓기 운동을 시작했다. 찌그러진 얼굴이라도 방긋 웃으면 상대방도 좋아하고, 그 모습에 나도 즐거워진다. 거기다 굳은 근육까지 움직여서 풀 수 있으니 일석이조다. 내가 웃으니 누가 물었다.

"무슨 좋은 일 있어요?"

"아뇨, 웃으니까 제 마음이 좀 나아져서요."

"어머 그래요? 별로 웃을 일이 없어서요. 오늘 오랜만에 웃네요."

찌그러진 얼굴보다는 늘 미소 짓는 얼굴로 사람들을 만났다. 내가 웃으면 상대방도 웃고, 그 옆 사람도 웃고, 모두가 행복해지는 것만 같다. 가장 중요한 것은 이렇게 힘든 재활을 하는 환자, 그리고 땀 흘려 치료해 주는 치료사 선생님, 오랜 병시중에 지친 보호자 모두를 웃게 만들 수 있다는 것이다.

할 수 있는 게 아무것도 없을 것 같았던 내가 사람들

에게 작은 웃음이라도 줄 수 있으니 뭔가 제 역할을 하는 것 같아 뿌듯했다. 이제는 내가 늘 웃는 얼굴을 하다 보니 웃지 않고 무표정하면, 주위에서 먼저 무슨 일 있냐며 걱정해주신다.

긍정의 힘이라고나 할까? 웃기 시작한 그날 아주 짧은 시간이지만, 일어섰다. 웃는 모습에 치료사 선생님도 힘이 났는지 한번 일어나는 연습을 해 보자고 하셨던 것이다. 비록 힘이 부족해서 금세 쓰러졌지만, 드디어 두 발로 서게 되었다.

치료가 끝나고도 나는 일어나고 또 일어나는 연습을 반복했다. 조금만 더 버텨보자는 생각으로 온종일 땀을 냈다. 조금씩 욕심이 났고, 일어서다 보니 빨리 걷고 싶었다. 내일이라도 달릴 수 있을 것 같았다. 한층 회복된 것 같은 마음에 조바심이 났다. 모두가 부상을 염려하기 때문에 급한 마음을 다잡으려 노력하고 있지만, 얼른 화장실쯤은 스스로 걸어가고 싶었다.

벌써 며칠째 첫걸음만 떼고 제자리 걸음이다. 첫걸음은 중심을 잡고 시작하니 문제가 없지만, 두 번째 걸음부터는 온전히 내 힘으로 중심을 잡고 내디뎌야 하기에 겁도 나고, 허약해진 몸이 버텨주질 못해 중심을 잃고 자꾸만 바닥으로 고꾸라진다. 워낙 경험 많은 치료사 선생님들이 곁에 있으니 다칠 걱정은 없지만 내 속은 까맣게 타고 있었다. 하라는 대로 하는데. 분명히 했는데, 내 몸은 따로 움직였다.

일주일 이상 최선을 다했지만, 내 기대와 달리 갑자기 걸을 수 있게 되는 건 아니었다. 그래도 점점 더 괜찮아지고 있다. 똑같은 시행착오를 반복하는 것 같지만, 처음으로 시간을 되돌려 보면 분명 달라져 있었다. 지팡이도 처음보다 잘 짚고, 덜 흔들리고 안정적으로 변했으며, 혼자 서서 잠깐 기다릴 수도 있었다.

내가 생각했던 작은 꿈은 한 번에 오는 게 아니었다. 가랑비에 옷이 젖듯 그렇게 하루하루 쌓아가다 보니 어느 순간 덜 넘어지고, 더 오래 서 있고, 그러다 보니 어느새 걷고 있었다.

'내가 걸을 수 있다면 멈추지 않으리라.'

고비를 넘기니 첫날의 그 다짐처럼 밥만 먹으면 움직이고 있다. 주변에서도 나의 노력을 격려해 주신다. 어제보다 오늘이 더 좋아 보인다고도 했다. 최상의 목표가 아닌, 과정을 격려해 주는 아름다운 말이었다.

눈물이 핑 돌았다. 왜 그리 빨리 달리기만 했는지, 그 과정이 얼마나 가치 있었는지, 나는 내 몸의 절반을 잃고서야 알게 되었다.

'내 몸아 그동안 미안했어. 너는 늘 최선을 다했는데, 내가 너무 나빴다. 쉬어주지도 않고 먹지도 않고 자지도 않고 일만 시켰지? 미안하다…….'

그렇게 오래 기다려 내 몸은 나에게 사과를 받아냈다.

병원 생활이 늘 자신과 싸워야만 하는 전쟁터는 아니다. 즐거운 시간도 있다. 작업치료실에는 다락방에 숨겨진 장난감 보따리처럼 여러 가지 재미있는 것들이 있다. 치료사 선생님과 장기를 둘 수도 있고, 보드게임을 하거나 닌텐도 위(Wii)로 다양한 게임을 할 수도 있다. 물론 잘 움직이지 못하는 왼손을 이용해야 해서 익숙하진 않지만 참으로 무미건조한 병원 생활에 활력을 불어넣는 시간이다.

오늘은 실습생 선생님들과 윷놀이를 했다. 환자를 위한 대형 스펀지 윷과 말판이지만, 승부욕은 여전하다. 어차피 이건 말 놓는 머리싸움이 아닌가? 공학자답게 윷의 앞과 뒤가 반쯤 걸린 상태에서의 판정 방법, 너무 멀리 나가는 낙의 기준, 그리고 빽도를 표시하고 진지하게 게임에 임했다.

'나도 배울 만큼 배웠다고.'

뭐 별것도 아닌 것에 자존심을 세우고 있었다. 그래도 딱 하나 내 마음대로 정한 게 있다. 윷을 모아서 다음 사람에게 전달하는 건 내가 하기로 한 것이다. 난 움직여야 하는 환자 아닌가? 친절을 가장한 재활치료를 하는 것이었다. 다들 좋아한다. 말도 놓아주고, 윷도 짚어주고, 혼자 웃어주고, 북치고, 장구치고… 결국은 내가 이겼다. 이건 일부러 져줄 수도 없는 게임 아닌가?

그냥 이긴 걸로 끝!

해가 떠오르고 있다 **,**

．．．

이후로 난 시간이 나면 이 병동 저 병동 놀러 다녔다. 메르스가 창궐한 당시 뭐 그리 좋은 행동은 아니었지만, 작은 침대에서 온종일 똑같은 '나'란 존재와 싸움을 하니 이젠 그 상대가 지겹고 질린다. 대신 다른 사람들에게 관심을 기울여보고 싶었다. 다른 사람들의 싸움도 구경할 겸, 응원도 할 겸.

어르신이 대부분인 이 병동에서는 누구든 찾아가면 반갑게 맞아주신다. 어차피 잠시 후 치료실에서 만날 운명이지만, 손도 한 번 잡고, 하루 잘 주무셨냐고 묻기도 하고, 다른 집에서 받아온 사과라도 한 쪽 가져가 나눠 먹으면 너무나 좋아하시니 찾아다니는 이 수고를 포기할 수가 없다.

계속 사람들이 오가고 바뀌니 이런저런 사연이 병원에 쌓인다.

그중에는 결혼 한 주 전에 뇌출혈로 쓰러져 들어온 젊은 남성분의 사연도 있었다. 가장 아름답고 가장 행복할 때 이곳에서 사랑하는 한 쌍을 지켜봐야 하는 안타까움도 있지만, 격려하고 응원하며 희망을 북돋아 주었다.

한 할아버지는 너무나 건강한 모습으로 모두의 부러움을 한 몸에 받고 '졸업'(오랜 병원 생활 후 건강히 퇴원하는 것을 병원식 표현으로 이렇게 말한다)을 하고 퇴원하셨는데, 일주일 만에 목욕탕에서 넘어져 다리가 부러져 돌아오신 적도 있다.

내내 병동을 돌아다니며 친분을 쌓으니 심지어는 어머니를 병간호하는 학생들 수학 문제 풀이를 도와준 적도 있다. 중·고등학생 수학 문제가 더 어렵게 느껴지는 건 단지 오래되었기 때문인지, 아니면 내 실력이 준 건지 판단은 안 되었지만 오랜만에 뇌에 자극도 되고 좋았다.

사실 이런 노력은 남아도는 힘이 있어서 하는 건 아니다. 작업치료실의 방한나 선생님께서는 예전부터 뇌졸중이란 '게으름 병'이라고 불린다고 하셨다. 불편하니 안 움직이게 되고, 안 움직이게 되니 더 불편해지고, 더 안 움직여지는 악순환으로 결국 기능을 더 잃게 된다는 것이다. 나는 그런 게으름을 용납하고 싶지 않았다.

물론 힘들다. 그냥 낮잠 자고, 편히 쉬고 싶다. 하지만 선순환 시스템을 강의하던 내가 악순환의 굴레에 빠져들 수는 없는 법. 게으름 병의 특효약 "부지런 병"으로 대응하기로 했다.

더 움직이기 위해 약속처럼 나의 순찰 구역을 만들었다. 계속 순찰을 돌며 걷기뿐만 아니라 기억력, 평형감각, 의사소통 능력까지 훈련하고 있었다. 늘 그렇지만 의도와 목적이 순수한 행동이기에 주변에서도 응원해 주셔서 힘이 났다.

사실 너무나 불편하고, 힘든 이 몸이 과연 평범한 삶을 살 수 있을 정도로 호전될 수 있을지 의심이 갔다. 아직도 세상의 모든 것이 어렵고, 두려웠다. 아직 나는 세수도 못 하는 처지였으니 말이다.


매일같이 열심히 걷고 있는 나를 지켜보는 아저씨 한 분이 있다. 늘 상의는 메리야스 속옷에 환자복은 바지만 입고, 큰 목소리로 이런저런 사업 관련 통화를 하는 전형적인 40~50대의 아저씨였다. 이제 눈에 많이 익어서 인사해 볼 만도 하건만, 좀처럼 말이 나오지 않았다.

그러던 어느 날 이 아저씨가 나에게 먼저,

"형씨 참 열심히 하시네요. 보기 좋아요."

하며 인사를 건네시는 것이다.

"아 네... 열심히 하는 거죠."

이렇게 얼버무렸는데,

"음료수 한잔하세요."

하며 오렌지 주스를 건네주셨다. 그러곤 자신은 하나 더 있다면서 금방 병실에서 하나를 더 들고나오셨다.

"매일 보는데 제대로 인사도 못 드렸습니다. 안녕하세요? 주스 감사히 먹겠습니다."

하며, 말문을 열었다.

그분은 동생 가게에서 스포츠용품 판매를 하다가 뇌경색으로 쓰러졌고, 왼쪽 편마비 증상으로 입원 중이라고 하셨다. 넉넉하지 못한 가정형편에 가장으로서 가족에게 미안해서 아무도 병원에 오지 못하게 하고 있다고도 했다. 죄책감과 미래에 대한 막막함으로 답답한데, 몸도 잘 가누지 못하여 더욱 힘들고, 열심히 운동하는 내가 부럽다고 하셨다. 자기는 막상 열심히 운동하려 해도 잘 안 되어서 더더욱 자신에게 화가 난다고도 말씀하셨다.

'나 혼자 너무 나대며 운동을 한 건가?' 하는 생각도 들었지만, 각자의 사정은 다르지 않겠는가? 그래도 이날 이후부터는 늘 얼굴을 뵈면 가벼운 인사를 주고받았다. 그리고 그분을 형님이라고 불러드리기 시작했다. 함께 운동하면서 일부러 경쟁도 하고, 놀리며, 서로를 응원하였다.

하지만 아저씨의 얼굴은 좀처럼 펴지지 않았다. 그런 모습을 보니 더 안타까웠다. 매일매일 굵은 땀방울을 흘리며 각자의 희망을 품고 달려가는 사람들도 있지만, 그보다 더 많은 사람은 가족과 더불어 지쳐간다. 비록 환자의 몸이지만, 그분께는 조금 더 특별한 친구가 되어 드리고 싶었다. 그래서 며칠 동안 그분을 위한 이벤트를 궁리했다.

일주일 후, 나는 500밀리 생수병 하나를 가지고 형님 병동으로 찾아갔다.

"선물이에요. 받으세요."

"고마워요. 물이네요……."

"아니에요, 저는 오늘 희망을 드리는 겁니다."

"희망이요?"

"저는 매일 이 500밀리 생수병을 들고 걷습니다. 물론 지루하고 힘들지만, 목표를 세우지요. 병원을 한 바퀴 돌고 물을 한 모금씩 마시는 겁니다. 이 생수병을 다 마시면, 그때 휴식을 취합니다. 30개들이 한 박스를 사다 놓고, 저는 일주일 안에 이 물을 다 마실 건데요. 왜 생수병이냐면, 물은 몸에 좋고, 우리같이 혈관질환이 있는 사람에게 꼭 필요한 것이 물이니까요. 우린 참이슬만 먹었으니 이제는 이슬만 먹어야죠. 그리고 오늘 한 병을 형님께 드리려고 합니다. 제가 넉넉하지 못해서 한 박스 선물은 못 드리지만, 이 병에 물을 담으면서 한 바퀴씩 돌고 물을 비워보세요. 다 마시고 운동을 하면, 결국 몸이 회복될 것이라는 희망을 드리는 것입니다."

그날부터는 함께 병원을 돌 수 있었다.


그렇게 1년이 지났을 때, 나는 자유롭게 움직이는 형님을 만날 수 있었다.

그렇게 오래 기다려
내 몸은 나에게 사과를 받아냈다.

하얀

격리복

,

· · ·

저녁 9시만 되면 병원 휴게실에는 진풍경이 펼쳐진다. 휠체어를 탄 환자, 지팡이를 짚고 있는 환자, 수액을 주렁주렁 달고 있는 환자들이 보호자와 함께 너나 할 것 없이 휴게실에 하나씩 자리를 잡는다. 원래 이 시간엔 고단한 하루의 간병을 마친 보호자들이 낮 보다 자유로운 복장에 슬리퍼 차림으로, 샤워하고 말리지 못한 머리 그대로, 때 늦은 저녁으로 빵 한 조각을 먹으면서 공용 TV로 드라마를 시청하기 위해 옹기종기 모여 있곤 했는데, 최근에는 환자들도 이 모임에 참여하고 있다.

함께 드라마를 시청하려는 게 아니다. 이곳이 메르스 환자 치료를 위한 병원으로 지정되면서 의심 환자들이 몰려들고 있기 때문이었다. 병원은 환자들의 동요를 최소화하기 위해서 얼마나 많은 메르스 환자가 입원해 있는지 밝히지 않고 있었다. 아프고 병든 이가 있는 곳이 병원이라지만, 그때껏 경증환자는 찾아보기 어려웠기에 기존의 입원환자들은 불안에 떨 수밖에 없었다. 그래서 9시만 되면 다들 뉴스를 보며 메르스 소식을 전달받고자 한 것이다. 대부분이 중증환자라 병원을 떠나진 못하고 그저 하염없이 '아이고, 어쩜…….'이라고 말하며 좀처럼 줄어들지 않는 환자 수에 혀를 차고 있을 뿐이다.

'엥~~~'

그때, 앰뷸런스 소리가 들렸다. 사람들이 일제히 창문에 모여들었다. 또 메르스 환자가 도착했는지 확인하는 것이다. 병원에 앰뷸런스가 들락날락하는 것은 당연한데도, 응급 환자가 오는 소리만 들리면 반복되는 새로운 풍경이다.

멀리서도 메르스 환자는 알아볼 수 있다. 일반 환자와 메르스 의심 환자를 분리하기 위해 입구가 나누어져 있는데다가, 하얀 격리복을 입고 들어오는 사람은 누가 말해주지 않아도 메르스 환자이기 때문이다.

하얀 격리복을 입지 않은 모습을 확인한 사람들이 저마다 '휴~ 다행이야'라고 말하고 있었다. 정말 이상한 상황이다. 같은 환자이며 보호자인데도, 서로 기피하고 있으니 말이다. 죄는 미워해도 사람은 미워하지 말라고 했건만, 메르스는 무서워도 사람은 무서워하지 말라고 하는 말이 없어서인가?

그것은 병으로부터 병원이 안전하다는 신뢰를 얻지 못한 게 가장 큰 원인일 것이다. 최초 감염자 발생도 병원이었고, 2차 감염자도 병원에서 발생했으니 병원에 대한 신뢰가 최악으로 치달은 것이다. 더군다나 이곳은 메르스 환자가 공식적으로 들어오고 있기 때문에 그때만큼은 우리나라에서 가장 위험한 곳임이 틀림없었다.

여기 있는 환자들은 어서 일반 환자와 메르스 환자를 병원이 밝히고, 안전지역과 위험지역을 구분해 주기를 원하는데 그러질 못하니 혼란만 커지고 있었다. 어젯밤에는 한 환자가 기침을 하는데, 왜 격리시키지 않으냐면서 간호사와 보호자 사이에 고성이 오갔다. 항의하는 보호자는 간호사에게 기침 환자의 병명이 무엇인지 밝혀달라고 요청했지만, 개인정보보호법에 의해서 그건 말해줄 수 없다하니 다른 보호자들까지 가세해 항의했었다. 보안요원까지 출동하고 기물도 파손된 것 같다. 여기선 기침도 하면 안 된다. 바로 의심을 받아 따돌림당할 수 있으니 말이다.

메르스 환자가 있는 이 병원에서는 다른 병원으로 전원도 불가능하다. 서울의료원에 입원해 있었다는 의무기록을 제시하면 어디에서도 받아주지 않기 때문이다. 다른 병원에서 치료받는 것도 불가능한 상황에서 이렇게 의심받고 따돌림당하게 되면 환자만 죽어나는 것이다.

재난이 발생했을 때 신뢰성 있는 정보는 매우 중요하다. 유언비어와 사실에 근거하지 못한 추측성 정보는 곧바로 사회를 혼란시킬 수 있기 때문에 정확한 정보가 적시에 전달되어야만 한다. 재난 발생 시 라디오나 재난 방송을 켜고 지시에 따르라는 것이 이런 이유에서다. 핵심은 사실을 정확히 밝혀야 한다는 것이다. 그래야 그에 따른 구체적인 행동 전략이 나오고 국민들도 지시를 믿고 따를 것인데, 사실을 숨기고 '마스크 착용과 손 씻기'만 강조하고 있으니 사회 혼란만 키우고 있는 셈이다. 더군다나 마스크 착용과 손 씻기를 더 철저히 지키고 있을 게 분명한 의료진이 감염된다는 보도가 계속되니, 불신과 갈등만 지속되고 있다.

'어떻게 살기로 했는데 메르스로 죽는 건 아니겠지?'

내가 어찌할 수 없는 혼란 중에 믿을 만한 정보가 없다는 것이 답답했다.

재난이 발생하면 정확한 정보가
적시에 전달되어야만 한다.
유언비어와 사실에 근거하지 못한 추측성 정보는
사회를 혼란시킬 수 있다.

병원을 졸업하다

,

＊＊＊

　　아침저녁으로 선선한 바람이 불기 시작했다. 무더위는 한 꺼풀 벗겨졌지만, 그래도 아직 여름인지라 온몸에 땀이 흐른다.

　　난 하루도 빠짐없이 열심히 운동하고 있다. 환자가 되고 나서야 이때껏 못해 본 운동을 마음껏 해본다. 중간 중간 치료가 비는 시간에는 매트에 누워 윗몸일으키기도 한다. 천천히 하나둘 개수를 늘려갔더니 오늘은 50개까지 했는데도 아직 할 만하다. 이마에 땀이 맺히면 금세 닦아내지 않고 흘러내릴 그 순간까지 열심히 더 해본다. 뭐랄까? 땀방울이 똑 떨어지면, 남에겐 별것 아닐지 몰라도 고통을 이겨낸 뒤 얻어지는 성취감이 매우 컸다. 운동하면 피곤하고, 피곤하면 잠이 올 것만 같아서, 에너지를 아끼고 깊이 생각하는 것이 멋진 연구자라고 오랫동안 믿어왔던 내가 땀을 뻘뻘 흘리며 운동하고 거기에 성취감을 느끼는 게 신기했다.

지금 열심히 하지 않으면 난 앞으로 영영 이 상태로 살아야 할 것이라는 두려움. 그 두려움을 이기기 위해 내가 할 수 있는 것은 단 하나, 움직이고 움직여서 땀을 내는 것이다. 에너지를 아껴 연구 활동에 매진하는 게 학자로서 최선의 삶이라고 생각한 나만의 명제는 명백하게 틀렸다. 내 몸을 아끼고 사랑해 주어야 했는데, 내 삶에 정작 나는 없고 일만 있었다.

누구를 위한 일이었던가? 지금 옆에 있는 가족과 사랑하는 사람들이 나 때문에 이렇게 걱정하는데. 나는 오늘의 땀을 잊지 않고 앞으로는 꼭 건강하게 살 것이다.

더 이상 아프지 않았으면 좋겠다.

삐뚤어진 어깨로 얼굴을 만질 수조차 없는 지금이 아직도 믿어지지 않는다. 거울 속에 비친 내 모습이 여전히 낯설다. 그래도 난 열심히 하는 것 하나는 가지고 있으니 오늘도 작은 목표와 그 성취감을 위로 삼아 다가올 내일을 기다릴 것이다.

땀 한 방울과 눈물 한 방울이 섞여서 볼을 타고 흘렀다.

땀과 눈물이 흐르듯 시간도 그렇게 한 달, 두 달이 흘렀다.

기다리던 퇴원 날짜가 잡혔다.

여기 사람들은 퇴원을 졸업이라고 표현한다. 많은 날을 함께 보내며 훈련한 환자들은 학생으로 졸업이고, 의료진은 선생님으로 졸업을 시켜 내보내는 것이라고 할까? 모두가 부러워하고 축하받는 날이다.

졸업을 하려면 먼저 평가라는 것을 받아야 한다. 평가는 지극히 어렵지 않은 것들이다. 숟가락으로 콩알 퍼내기, 손으로 컵 뒤집기, 5분 걸어보기, 한 발로 서서 중심잡기 등등.

처음, 이 병원에 왔을 때도 똑같은 평가를 했다. 그때나 지금이나 제일 어려운 것은 산수문제이다.

'100에서 7을 빼면 몇이에요? 거기서 7을 또 빼면 몇이 되나요? 또 7을 빼 보세요…….'

운동기능이며 산수며, 정신이 혼미했던 평가 시간이 지나고 시험점수가 나왔다. 무려 100점 만점에 100점이다! 재활의학과 환자 중에서는 수석 졸업생인 셈이다. 치료사 선생님들은 크게 회복되었다고, 정말 열심히 노력했다고 칭찬 일색이다. 감격의 포옹도 하고 사진도 찍으며 나를 다시 일으켜준 병원과 선생님들께 감사의 인사를 하였다. 벌써 재기에 성공한 것 같아 울컥했다. 다시는 멈추지 않으리란 내 집념이 운명마저 이겨낸 것 같았다.

하지만 병원에서의 평가와 밖의 생활은 너무나 달랐다. 그리고 알게 되었다.

밖의 세상은 아무도 나를 기다려 줄 여유가 없다는 것을.

거리에는 사람들이 자유롭게 다니고 있다. 그러나 나는 자유로울 수 없다. 연석과 계단이 있는 길거리를 약속 시간에 맞추어 이동하는 것은 참으로 어려운 일이다. 그래도 난 수석 졸업생이니까 다행이라며 자신을 다독였다.

'100점인 나도 힘든데, 남들은 얼마나 더 힘들겠어?'

환자복을 벗고 평상복을 입어보면, 부쩍 몸이 작아진 것을 알아채게 된다. 배도 들어가고, 꼭 끼던 바지도 여유가 생겼다. 몸무게가 자그마치 10킬로나 빠졌다. 6개월 전의 내 모습과 비교해 보면, 지금은 이상하게 맵시도 나는 것 같다. 불편한 몸에 행동이 조금 불편해 보이는 것만 제외하면, 얼굴도 하얘지고 옷맵시도 좋아지니 다들 인물이 훤해졌다고 한다. 물론 가만히 앉아 있을 때 이야기이고, 조금만 움직여도 불편한 모습을 들키고 만다. 그러니 가능한 한 가만히 있는 편이 좋다.

술과 담배, 과로에서 벗어난 삶은 평화롭기만 하다. 진작 이렇게 살았으면 좋았을 걸……

큰맘 먹고 운동복을 장만해 헬스장에 등록했다. 헬스장에 와서야 이렇게 많은 사람이 시간을 쪼개고 쪼개서 열심히 운동한다는 걸 알게 되었다.

나도 자극을 받고 더욱 재활 의지를 불태웠다.


6개월의 입원치료와 3개월의 통원치료.

그 기나긴 여정을 마치고 드디어 꿈에 그리던 직장에 복귀했다. 의사 선생님께서는 내가 1% 안에 드는 가장 좋은 회복이라고 말씀하셨다. 아마 처음 만나는 사람들은 알아채지 못할 정도로 훌륭하게 회복된 것 같아 감회가 새롭다.

이제는 내게 남은 임무를 해내고 싶다. 나를 넘어 모든 국민이 안전하고 평화로운 삶을 살 수 있도록 안전을 책임지고, 재난을 극복할 수 있도록 연구를 진행하고 싶다. 이후 난 뇌졸중 관련 체험과 극복에 대한 글도 써 신문이나 잡지회사에 투고했다. 잠재적 환자에게는 경각심과 건강관리에 대한 노력을 깨우쳐주고, 환자들에게는 희망을 주고 싶었다.

받아들일 수도, 생각해보지도 못한 개인적 재난을 이겨내기 위해선 마음을 다스리는 게 무엇보다 중요하다. 만신창이가 된 몸과 마음을 다잡아야 너무나 힘들고 고통스러운 재활 과정을 견딜 수 있기 때문이다. 머리로는 걷고 뛰는데, 몸은 자꾸 주저앉으니 머리와 몸이 일치하기까지의 과정이 참 길고 험난하다.

그러나 나는 국책연구기관에서 국민을 위해 연구하는 사람이다. 모범을 보여야 했고, 다른 환자들보다 더욱 노력해야 했다.

회복은 더뎠다. 아주 많이 노력하면, 그제야 조금씩 회복되는 식이었다. 그래도 앉거나 걷거나 손으로 얼굴을 만질 수 있음에 감사했다. 곁에 있는 다른 환자에게도 손을 내밀어 함께 걷자고 힘을 주었다. 내가 사랑하고 자랑스러워하는 일을 다시 하고 싶다. 아직 사명이 있기에, 아직 할 일이 남아있어 발생한 시련이라고 생각했다. 그러니 열심히 달려야 했다.

오늘도 작은 목표와 그 성취감을 위로 삼아

다가올 내일을 기다린다.

장애인이

되다

,

246

. . .

　5월 14일은 내 생일이다. 작년 이맘때 나는 죽었다가 다시 살아났으니, 이런 날을 생일이라고 하지 않으면 뭐라 하겠는가?

　벌써 일 년이다. 흐릿한 머리로 6개월을 보냈고, 다시 6개월 동안 재활치료를 받았다. 의학적 사유가 발생하고 1년이 되면, 어느 정도 회복이 끝난 것으로 보고 평가를 한다. 즉, 영구적 장애 정도를 판단하여 장애 등급을 책정하는 것이다. 나는 오늘 장애인으로 복지카드를 발급받았다.

　뇌병변 장애 6급.

　장애인 집단에서 6급은 경증이라 매우 건강한 편이라고 한다. 하지만 말해도 아무도 이해해 줄 수 없는 통증과 다시 쓰러질 수 있다는 불안감, 예전 같지 않은 기억력과 판단력을 보면 장애가 생긴 것은 틀림없다. 내 몸의 고통과 어려움을 자기 자신 말고는 어떻게 남이 알겠는가?

어쨌든 난 세상이 만들어놓은 기준에 따라 6급 장애인이 됐다.


"이 박사 다 나았네?"

"이 박사 좋아 보이네?"

오늘로 세 번째 듣는 소리이다.

물론 큰일을 겪고 멀쩡해졌다는 소리는 기쁘고 즐거운 일이다. 그런데 기분 좋은 격려의 말을 듣고도 속으론 달리 생각하게 된다.

'아직 아픈데…….'

팔다리 저림과 통증으로 벌써 일 년째 고생 중이다. 피부에 옷자락이 살짝 닿기만 해도 바늘로 콕콕 찌르는 듯 무척 고통스럽다. 온도, 압력, 간지럼 등 모든 감각이 아프기만 하다. 쉽게 참을 수 있을 정도가 아니라, 눈물이 찔끔 나는 통증이다. 당연히 딱딱한 구두도 신을 수 없으니 강의를 나가도 운동화 차림이다.

옷만 닿으면 팔과 다리에 통증이 나타나니, 조금이라도 고통을 줄이고자 내복을 입었다. 어느 정도 효과는 있었다. 부드러운 내복이 피부에 착 달라붙어 옷가지의 쓸

림을 경감시켜주었다. 다만 단점은, 초복에도 내복을 입고 삼계탕을 먹어야 한다는 것이다. 물론 무엇인가를 만지고 걷기 위해서 몸에 어쩔 수 없이 닿는 곳들이 유발하는 통증은 도저히 막을 방법이 없다. 그러다 보니 게을러진다. 손과 발을 자주 움직여줘야 하는데, 움직일 때마다 아프니 안 만지고 안 움직이게 되는 것이다.

아픈 게 너무 싫다. 신발 안에 가시가 들어가서 콕콕 찌르는데, 계속 걸어야 한다면 얼마나 신경 쓰이겠는가? 몸에 절반은 이런 고통이 온종일 지속된다. 그래서 금방 피로가 몰려온다. 먹고 있는 약들도 졸음을 유발하지만, 툭하면 찾아오는 쓰러질 듯한 피곤함에 엄청 시달려서 괴롭다. 눈이 감기는 졸음과는 다르다. 종일 통증에 신경 쓰다 보니 머리가 지치고 당장 몸이 쓰러져 휴식을 취해야만 할 것 같은 상태가 되는 것이다.

침대에 눕는다고 바로 잠이 드는 것도 아니다. 뭐랄까? 너무 피곤해서 누웠는데 잠이 오지 않는 상태라고나 할까? 난 그럴 땐 마음의 준비를 하고 통증을 참는다. 이를 악물고 참으면, 심지어 여유 있는 표정 짓기도 가능하다. 하지만 이 통증에 정신적으로 시달려 찾아오는 피곤함은 감당이 안 된다. 이미 소진되어 버린 정신력이 버티질 못한다. 선이 끊어진 꼭두각시 인형처럼 어딘가에 쓰러져야 한다.

단순한 동작 하나에도 통증이 유발되니, 뭐든 오래 수행할 수 없다. 책을 읽기 위해 책장을 넘기려면 엄지손가락으로 종이 한 장을 들어올려야 하는데, 나는 그때마다 손가락이 베이는 통증을 느낀다. 컴퓨터 자판을 쳐야할 때도 손가락이 굳고 힘이 없어 자판이 제대로 눌리지 않는다. 특히나 누르는 버튼 하나하나가 네모나서, 자판을 누를 때마다 네 모서리에 손끝이 찔려 계속 통증이 찾아온다. 사고 이후 왼쪽 눈도 영향을 받아 시력이 떨어지고 시야가 좁아졌다. 그러니 보는 것도 예전 같지가 않다.

이 고통의 삼총사가 내게 붙어 있으니, 진득하게 업무를 보며 집중하기 쉽지 않다. 업무효율이 떨어질 수밖에 없다. 마음껏 상상의 날개를 펼치다가도, 날개가 아프니 펴다 말고 착지를 해야 한다.

나는 처음으로 뚜렷하게 보이는 자신과의 싸움을 해야 한다. 얼마나 다행인가? 자신과의 싸움은 본디 보이지 않는 것인데, 난 이렇게 정확하게 느끼고 있지 않은가? 이 세 친구를 어떻게 잘 사귀느냐가 승패를 가를 것이다.

남들은 내가 겪고 있는 이 통증을 모른다. 예전의 모

습이 아닌 건 나만 알고 남들은 모를 테니 이해하기 힘들 것이다. 어쨌든 겉보기엔 멀쩡해 보인다. 하지만 보이지 않는다고 해서 주삿바늘로 찌르듯 따끔따끔한 통증이 사라지는 것은 아니다. 의사 선생님께서도 회복속도는 좋지만, 통증은 매우 심한 편이라고 하셨다. 먹는 약의 대부분이 신경안정제랑 진통제다. 너무 아픈데, 특별히 해결할 방법이 없다고 한다. 그냥 통증이 멈출 때까지 견디는 수밖엔 없다.

일부 환자는 평생 통증이 있다고 하니, 나도 영원히 고통을 받아들여야 할지도 모른다. 하지만 언제까지고 이렇게 몸 상태에 끌려 살 순 없다. 내 마음과 내 열정이 이런 생활을 지속하길 원하지 않는다. 이 삼총사를 내 단짝친구로 받아들이려 노력하는 수밖에 없다.

'피곤하면 더 자면 되고, 아프게 되면 뭐 아프고 말지.'

'괜찮아. 잘하고 있어.'

'조금만 더 버텨보자. 오늘은 5분만 더 버텨보자.'

뭐 긴긴 싸움이라면 지금까지도 해온 것이다. 더 못할 게 뭔가.


다시 돌아간 회사에는 아직도 해결해야 할 많은 일이

있었다. 회사 여건은 변한 것이 없고, 산재한 우리나라의 안전과 재난 문제는 오늘도 뉴스 기사를 장식하며 줄줄이 쏟아지고 있다. 이 시점에 회사에서는 "교통안전 방재연구센터"를 신설해 나를 초대 센터장으로 임명했다.

입사 후 받은 첫 보직이다. 안전에 대한 관심이 남다르고, 비교적 우수하게 개인적 차원의 재난을 극복하고 직장에 복귀한 나에게 응원 차원의 보직인사가 있었던 것 같다.

힘든 시간을 보내고 온 만큼 심신이 미약해져 있던 나에게 큰 용기를 선물해준 회사에 정말 감사했다. 회사를 향한 애착과 연구에 대한 열정이 더욱 강해졌다.

'그렇다. 아직도 뛰어야 하고, 아직도 할 일이 많았다.'

앞으로 더 큰 앞날을 바라보며 고민하지 않는다면 우리나라 교통안전과 재난대응 역량개발이 늦춰질 것이다. 나 자신의 건강과 안전만 바라보던 소의에서 주변인들과 국가 그리고 더 많은 사람을 바라봐야 하는 대의로 마음을 돌리니, 나의 작은 문제들은 생각보다 쉽게 해결할 수 있을 것 같았다.

이제는 한 연구기관의 대표로서 안전과 방재 분야에 더욱 적극적으로 목소리를 내야 한다. 이때껏 겪은 개인

적·사회적 차원에서의 재난과 그것을 극복한 과정 그리고
내 고민을 세상에 알릴 필요가 있다.

아니 그래야 한다.


센터장 자리에 오르고 나면 간부회의에 참석해야 한
다. 간부회의에서 경영 관련 정보를 접하다 보니 제도 개
선을 위한 고민을 하게 되었다. 그중에서도 특히, 장애인
관련 정책에 눈길이 갔다. 장애인이 되고 나서야 장애인
의 사회적 혜택은 물론 어떤 어려움과 제도가 있는지 알
고 싶어진 것이다.

그러면서 우리 회사의 장애인 고용률이 국가 최소비
율인 3%에도 미치지 못하고 있다는 사실을 알게 되었다.
그도 그럴 것이 이곳은 중앙정부의 정책을 만들어가는 싱
크탱크로 대부분이 석사 이상의 고학력인 데다가 외국어
와 각종 전문분야가 필수로 있었다. 또, 서울시에서 세종
시로 이전하면서 장애인 구직자가 없었기 때문에 지난 1
년간 장애인 고용이 불가능한 상태이기도 했다.

이런 이유로 우리 기관은 장애인 고용비율을 지키지
못했고, 장애인고용 부담금을 정부에 벌금처럼 내고 있었
다. 나는 이런 사실을 알고 간부회의에서 의견을 개진하

게 되었다.

"우리 회사는 여러 가지 어려움으로 현재 장애인 고용 비율을 만족하지 못해서 연간 수천만 원의 부담금을 내고 있습니다. 우리 교통방재센터에 이 부담금의 일부를 지원해 주시면 장애인 고용을 진행해 보도록 하겠습니다. 교통연구원의 인턴제도를 통해 장애인 고용비율을 만족시킬 뿐만 아니라 교통약자를 지원하는 정부 기관으로 역할을 다하고, 장애로 직업을 갖지 못하고 있는 국민에게는 외국어 등의 전문분야를 개발할 수 있는 환경을 만들어 보겠습니다."

이러한 주장은 연구원에 뜻깊은 시도임과 동시에 비용 절감과 사회적 기여도 가능한 것이므로 즉석에서 사업을 추진할 것을 허락받을 수 있었다.

나는 곧장 중증장애가 아닌 경증장애, 그리고 연구원에서 업무가 가능한 외국어 전공자를 물색하였다. 그 결과 서울의료원 재활센터로부터 최승혜 씨를 추천받게 되었다. 나는 그녀에게 인턴 고용을 약속하고, 승혜 씨의 첫 출근을 기다렸다.

장마에 접어들면서 비가 흠뻑 내리기 시작했다.

하필 오늘 같은 날 서울에서 세종까지 내려올 승혜 씨를 생각하니 걱정이 앞섰다. 아직 얼굴도 본 적 없고 몸 상태가 어떤지 모르지만, 그녀를 만날 생각에 가슴이 벅차오르고 있었다.

승혜 씨는 서울의 유명 외고 출신으로 명문대학에서 말레이시아어를 전공했다고 한다. 졸업 후 그녀는 무역회사에서 일했는데, 급작스러운 발병과 수술로 뇌병변 장애를 갖게 되어 사회 진출을 포기한 상태라고 했다. 아까운 그 능력을 살려 꼭 적성에 맞는 일을 찾았으면 좋겠다는 생각이 가득했다.

이런저런 생각을 하는 와중에 누군가 내 방문을 똑똑 두드렸다. 나는 직감적으로 오늘 나의 VIP 손님임을 알 수 있었다.

"네 들어오세요~"

문이 열렸다.

'아뿔싸.'

머리부터 발끝까지 비를 흠뻑 맞은 승혜 씨의 앞머리 끝에서 물이 떨어지고 있었다.

"죄송합니다. 제가 좀 늦었습니다."

그녀의 첫 마디였다.

"아니 늦긴요, 그게 대수인가요? 먼저 물기부터 닦으세요!"

나는 얼른 수건 하나를 펴서 머리끝부터 닦아주었다.

그녀 또한 오랜만에 하는 첫 출근이라 벅찬 마음을 가지고 잔뜩 꾸미고 왔을 텐데……. 오늘따라 거세진 빗줄기가 원망스러웠다. 우산도 제대로 들지 못하는 불편한 몸으로 어쩔 수 없이 비를 다 맞고 왔을 모습에 왈칵 눈물이 날 것 같았다.

'내가 장애인 고용에 대해 생각한 것이 맞긴 한 건가? 이런 것 하나도 못 챙기면서 무슨 짓을 한 거야?'

정말로 미안하고 안타까웠다.

나는 곧바로 퇴근을 지시했다.

"업무는 다음에 시작해도 되니, 오늘은 오는 길을 익혔다고 생각하고 들어가세요. 정말 고생 많았어요."

"지금은 갈 수 없습니다."

"괜찮아요. 앞으로 일할 날이 많은데 감기 걸리면 어떡해요. 컨디션 나빠지면 아프잖아요. 전 책임질 수가 없어요. 어서 돌아갈 준비하세요."

"아니에요. 더 있다 가겠습니다."

"지금 당장 가세요, 제가 KTX 타는 곳까지 태워드릴

게요."

"정말 좀 더 있다 가겠습니다."

"왜요? 무슨 일 있어요? 여직원 불러드릴까요?"

나한테 말 못 할 사정인데, 너무 배려를 못했나 싶어 화들짝 놀랐다.

"사실은 엄마랑 같이 왔는데, 휴대전화 배터리가 없어서 충전하시는 동안 연락이 안 돼서요."

"서울에서 어머니 차 타고 온 거예요?"

"네. 비 오는 날 미끄러지면 골절이 있을 수 있어서 엄마랑 왔는데, 주차할 곳이 없어서 비 맞으며 걸어오게 되었습니다. 올라갈 때 같이 가야 할 것 같습니다."

두 번째로 눈물이 왈칵 나올 것 같았다.

'이 미련한 사람... 그럼 못 온다고 하지, 서울에서 여길 엄마랑 와……..'

마음이 짠했다. 그만큼이나 절실한 그녀의 의지, 가족의 염원이 너무나 강렬하게 느껴졌다. 나는 어머님께 너무 송구스러워서 수소문 끝에 방에 모셔 따뜻한 차 한 잔을 드릴 수 있었다.

"어머니, 저는 승혜 씨와 함께 일할 이 준입니다."

나는 어머님께 장애인 등록증을 보여드렸다.

"저도 장애를 갖고 있습니다. 승혜 씨와 마찬가지로 비장애인이었다가 장애가 생긴 케이스인데, 이번 일을 겪고 나서야 장애인에 대해 더 깊게 생각하게 되었습니다. 이제는 장애인으로서 조금 더 마음과 능력을 이해하기 위한 노력을 하고 있고요, 승혜 씨가 가진 언어 능력을 최대한 이끌어 교통 분야의 전문 번역가가 될 수 있도록 돕고 싶습니다. 우리나라에서는 청년인턴 제도를 운영하고 있고, 저는 승혜 씨를 청년인턴으로 앞으로 11개월간 고용을 할 것입니다. 승혜 씨의 업무를 도와주고 전문분야를 찾을 수 있기를 희망하고 있습니다. 많이 도와주세요."

"아직 부족하지만 잘 부탁드립니다. 여기에서도 적응 못하면, 이젠 정말 기대할 곳이 없네요."

어머님의 말씀에 가슴이 먹먹해졌다.

난 바로 승혜 씨의 조퇴를 지시했다. 너무나 죄송스러운 첫 만남이었다. 장애인 고용에 얼마나 많은 배려와 노력이 필요한지, 가슴 속 깊이 깨달았다. 함부로 할 수 없는 일이란 것도 알게 되었지만, 내가 안 하면 아무도 나서지 않을 것을 알았기에 내민 손을 거둘 수 없었다.

장애인으로서 장애인을 고용한다는 게 쉬운 일은 아니다. 어쩔 수 없이 배려해야 하는 부분이 생기는데, 몸이 멀쩡한 사람도 힘들어하는 것을 나라고 오죽할까? 그러나 서로 의지하고 배려한다면 어떤 장애도 문제가 되지 않을 것 같았다. 서로 불편한 점을 이해한다면 쓰이지 못했던 인적자원이 빛을 발할 수 있게 될 것이라고 믿었다.

승혜 씨에게 맡긴 첫 업무는 논문 번역이었다. 그녀의 몸 상태와 근무지 간 거리를 고려해 한 달에 한 번만 회사에 나오고, 나머지 시간은 재택근무를 하도록 업무 강도를 조절하였다. 전공 논문이야 내가 읽는 것이 빠르겠지만, 그녀에게 교통 용어와 배경지식을 늘려주기 위한 워밍업이었다.

처음엔 익숙지 않아 오랜 시간이 걸렸지만, 본래 지닌 실력이 좋은 편이라 금방 수월하게 업무를 진행하였다. 그녀에게는 발병 후 첫 직장생활에 대한 기대와 열정으로 늦은 시간까지 업무를 완수하려는 의지가 있었다. 내가 무리하지 말라고 수차례 주의를 줄 정도였으니 말이다.

우리는 약 400만 달러 상당의 인도네시아 교통안전 기본계획사업의 사업계획서를 만드는 업무를 맡았다. 대규모 국제 과제인데다가 정해진 기한 안에 서류를 제출해야 하므로 업무 속도가 빨라질 수밖에 없었다. 마감 기간을 임의적으로 넉넉하게 잡을 수도 없었고 번역기 수준의 영어를 사용해서는 과제를 따올 수 없었다. 이 대형 프로젝트의 기획을 맡은 나는 물론이거니와 내 업무 보조를 맡은 승혜 씨까지도 전과 다른 시간적·내용적 압박을 받아야 했다. 자연스레 초과 근무를 하게 되었고 쉴 때조차도 머릿속은 인도네시아 교통안전에서 벗어나지 못할 정도로 열심히 일했다. 비록 결과적으론 우리는 우선협상대상자가 되지 못했지만, 함께 하나의 프로젝트를 해냈다는 기쁨과 대견함이 더 컸다. 이 일을 계기로 성장할 수 있었던 것 같아 뿌듯했다.

그러나 승혜 씨와 이별은 11개월의 계약기간이 만료되기 전에 찾아왔다. 그녀가 다른 직장으로 이직을 준비하고 싶다며 퇴사를 희망했기 때문이다. 나는 그녀의 퇴사 사유를 구체적으로 묻지 않았다. 그냥 그렇게 하고 싶다면, 보내주고 싶었다. 다만 그녀가 이 프로젝트와 여러 논문과 번역서 작업을 진행하면서 용기를 얻어갔길 바랄 뿐이다.

그녀에게도 우리가 함께한 경험이 힘들지만 즐거웠던 기억으로 남길 기대하며, 그동안 고마웠다고 말을 전했다.

비록 우리의 만남은 짧았지만, 승혜 씨를 만났던 나의 시도는 분명 의미가 있었다. 장애인을 고용하고자 노력하는 것, 그리고 그들이 사회구성원으로서 역할과 전문성을 갖도록 노력하는 것은 절대 포기할 수 없는 것이기 때문이다.

나는 그 뒤로도 중증장애인 몇 분을 모셔서 업무에 투입했다. 그러나 잦은 결근과 업무성과 미달성 등으로 고용유지가 쉽지 않았다. 기상 상황이나 신체 컨디션에 따라 업무 가능 여부가 결정되다 보니 그들 자신에게 더욱 큰 부담이 되어 자신감이 낮아지게 되는 것 같았다.

결국 모두 계약기간을 채우지 못하고 스스로 퇴사하고 말았다. 안타깝고, 그들에게 아쉬운 점도 있었다. 하지만 한편으로는 무장애설계(Barrier Free Design)도 안 되어있는 이런 환경에 장애인을 모시는 것 자체가 실례가 될 수 있겠다고 생각했다. 앞으로 얼마나 사회가 변화해야 할지 가늠이 안 올 정도이다.

---

9  1974년 국제연합 장애인 생활환경전문가 회의에서 '장벽 없는 건축 설계(Barrier Free Design)'에 관한 보고서가 나오며 사용되기 시작한 용어로 장애의 유무에 상관없이 누구나 편하게 살 수 있도록 건축, 도로, 공공시설 등 물리적 장벽뿐만 아니라 제도적·법률적 장벽을 허물자는 운동

장애인으로서 사회생활을 하다 보면 주변의 시선과 수군거림이 신경쓰일 수밖에 없다.

"이번 기관평가 내부 자료를 봤는데 우리 회사 센터장 중에 장애인이 있다고 하더라고요. 난 전혀 몰랐는데… 누군지 아세요?"

어떤 동료 박사님이 나에게 찾아와 이런 말씀을 하셨다. 물론 그분이 하신 말씀 중 장애인에 대한 비하 발언은 없었지만, 왠지 기분이 나쁜 건 사실이다. 능력이 떨어지는 사람이 센터장이 되었다는 뜻으로 느껴진다고나 할까?

"아~ 박사님, 제가 장애인입니다. 이번에 장애 6급 판정을 받았습니다."

찾아오신 박사님은 미안하다며 서둘러 자리를 떠나셨다.


싸움에서는 피아식별이 중요하다. 싸울 필요가 있는 상대와 없는 상대를 구분해 싸울 필요가 있는 적에게 에너지를 쏟는 편이 유리하기 때문이다.

장애인에 대한 시선과 수군거림은 굳이 내가 싸워야 할 대상이 아니다. 어차피 나의 노력으로는 달라질 게 없기 때문이다. 내가 어찌할 수 없으니 그대로 인정하는 수밖에 없다. 나에 대한 수군거림을 나를 향한 관심과 사랑이라고 나 자신을 설득할 수밖에 없다.

그래도 그 수군거림이 신경 쓰여 사람들에게 내가 장애인이 된 과정과 남들과 다르지 않은 당신의 동료라고 이야기하곤 한다. 이것은 아마 중증장애인이 아닌 경증장애인인지라 가능한 일인지도 모른다. 하지만 나는 확신이 있었다. 장애인이 된 것을 부끄러워해야 하는가? 그게 내가 원해서 된 것인가? 이 말은 마치 못생기면 부끄러워해야 하느냐는 말과 같다. 즉, 장애인은 비장애인과 주어진 환경과 상황이 다를 뿐이지 그 이상도 그 이하도 아닌 똑같은 인격체다.

그러니 장애인을 고용하면, 있는 그대로 장애인을 바라봐 주길 바란다. 동정할 필요도, 불편해할 필요도 없다. 그저 그들을 있는 그대로 받아들이고 인정해주면 된다.

사실, 장애인으로서 신경 쓰고 집중해야 하는 건 외부의 시선이 아닌 것 같다. 다른 사람들의 시선이 신경 쓰여 아무리 비장애인인 척 해도 드러나는 장애를 감출 순 없다. 반면 '실력'과 '노력'은 객관적으로 잘 드러나기 때문에 중요하다. 실력은 내가 장애인이든 아니든 내 노력 여하에 따라 얼마든지 달라질 수 있기 때문이다.

물론 노력하는 것도 힘들다. 신체조건 등이 비장애인일 때보다 나빠졌기 때문이다. 가령 나는 예전만큼 말을 잘하지 못한다. 적절한 단어도 빨리 떠오르지 않고, 생각한 대로 스토리 전개가 어렵다. 아직도 어눌한 발음은 답답하기만 하다. 직업 자체가 논리적인 사고 전개가 필수이고 의견 차이에 대한 논쟁과 설득이 필요한데, 이 부분이 제대로 작동하질 않으니 한동안 너무 우울했다. 내가 할 수 있는 건 아무것도 없는 것 같았고, 이 상황을 벗어날 수 없을 것 같았다.

걷지 못하는 장애, 보이지 않는 장애, 듣지 못하는 장애는 그저 겉으로 나타나는 장애일 뿐이다. 가장 큰 문제는 내면의 장애이다. 내게 뭔가 문제가 생겼고, 더는 예전만큼의 실력을 발휘할 수 없단 생각에 사로잡히면 노력조차 할 수 없게 된다. 자꾸 우울해지고, 자신감이 없어지며, 신경질이 나고, 고귀한 삶에도 의미가 없어진다. 이렇듯 내면의 자존감 하락은 누구보다 큰 적이다.

그래서 나는 외부와의 싸움보다는 나 자신과의 싸움을 준비했다. 자기 절망과 자기 책망으로 내 정신과 몸을 갉아 먹고 싶지 않았다. 당장 지금부터라도 내 안을 갉아 먹는 해로운 벌레를 없애야 했다.

먼저 도서관에 가서 온갖 역경과 시련을 이겨낸 선배들의 책을 사서 읽었다. 선구자의 일대기들을 접하며 내 모습과 생각이 얼마나 나약하고 좁았는지 알 수 있었다. 위기와 시련에 빠진 사람들 대부분은 혼자라는 두려움과 해결되지 못할 것 같은 비관적인 상황 속에 어떤 노력도 하지 못하고 얼어버리고 만다. 이를 극복하려면 '난 결국 잘될 것'이라는 믿음을 가지고, 내가 기울인 노력의 결과를 기다리는 자세가 필요하다.

또, 나의 지적인 자존감을 회복하기 위해 지난 연구 보고서와 성과들을 되돌아보고, 신문 사설과 각종 학회지에 과거 연구내용을 소개하는 글을 게재했다.

그리고 사람들을 만났다. 본래 나는 사람들과 어울리는 것을 좋아했지만, 장애가 생긴 이후로 조금씩 움츠러들었다. 그런 내 모습을 다시 외향적으로 바꾸려고 노력했다. 주변인들에게 더욱 상냥하게 대하고, 나를 통해 꿈과 희망의 메시지를 전하고자 하였다. 그러자 다른 사람들이 받은 긍정의 에너지가 결국 나에게 전달된다는 사실을 확인할 수 있었다. 그들을 상냥하게 대할수록 나에게 상냥함이 돌아오고, 친절할수록 그 친절이 나에게 돌아왔다.

때로는 거울을 보며 스스로를 응원했다. 자존감이 무

너지면 더 이상 살아갈 수 없다는 생각에 집중하면서 말이다.

"괜찮아. 괜찮아, 다 잘 될 거야."

이렇게 나는 실력과 노력의 원동력이 되어 줄 자존감 지키기에 힘을 다했다. 어쩌면 이번 전쟁에서 내가 지켜내야 할 마지막 전선일지도 모른다. 내면이 건강해야 진실하고 성실하게 연구할 수 있을 것이고, 나는 물론 남에게도 도움이 되는 삶을 살 수 있을 것이다. 이왕 시작한 걸음이라면 끝까지 걷고 싶다.

그렇게 난 오늘도 용기를 내 인생길을 걷고 있다.

오늘도 용기를 내 인생길을 걷고 있다.

다시 비장애인으로

,

· · ·

　나는 오늘 공식적으로 비장애인이 되었다. 법
적으로 나는 더 이상 장애인 기준에 미치지 못하는 상태
라고 한다. 짧은 시간이었지만 만감이 교차한다. 지난 3
년간 고민하고 생각했던 많은 것들을 돌이켜보며, 이제는
원고를 마감할 때가 온 것 같다.

　아직 재윤이 어머니에게 연락은 안 왔으니 재윤이가
눈을 뜨지 못했나 싶고, 그동안 지켜보고 치료해주신 모
든 분이 생각나기도 한다. 특히, 지금까지 힘드셨을 어머
니 아버지 생각이 많이 든다.

　사실, 법적으로 비장애인으로 분류되었다고 한들 달
라진 것은 없다. 몸 상태가 호전된 것도 아니다. 오히려
장애인이라는 법적·제도적 보호 장치가 없어졌을 뿐이다.

　아직도 말하거나 말을 이해하는 게 어렵다. 한두 시간

회의를 하며 집중해야 할 때는 퍽 힘이 든다. 상대방 이야기가 이해도 안 되고, 머리에 들어오지도 않는다. 생각하면서 듣는 것도, 글을 쓰며 듣는 것도 어렵다. 일을 한 가지씩 따로 하라고 하면 할 수 있는데, 그마저도 오래 집중하기 힘들다.

여전히 나에겐 모든 일이 너무 어렵다.


자존감이 무너지는 날에는 이런 생각을 하게 된다.

'그날 죽지 못한 이유가 무엇일까?'

원인 미상의 뇌출혈이 나의 최종 병명이다. 이 병의 병세는 사람마다 다르고, 확률적으로도 많은 사람이 사망에 이른다고 한다. 지금은 비교적 건강한 모습으로 직장 생활을 하고 있고, 남들이 보기에도 건강해 보이지만, 여전히 몸도 불편하고 머리도 복잡하다. 내면은 온통 상처투성이이다.

오랜만에 서울의료원에 들렀다. 이렇게 마음이 약해질 때면 내 손을 잡아주시던 방 선생님이 간절하게 생각난다.

"선생님 요즘도 환자가 많죠?"

"요즘은 자전거 사고랑 전동킥보드 사고가 잦아요."

"네?"

"안전헬멧을 쓰지 않아서 사고 났을 때 머리를 많이 다치게 되나 봐요."

"안전 헬멧착용에 대한 법 제도가 시급하네요. 저도 노력해 보겠습니다."

이렇게 또 '안전'이라는 키워드에 내 직업적 자아가 발동했다. 정말이지 어쩔 수 없다.


지금도 난 한국교통연구원 교통안전방재연구센터 직원으로서 안전정책을 구상하는 일을 하고 있다.

오늘은 연구 제안 발표가 있는 날이다. 후쿠시마 원전 사고 이후 전 세계적으로 원자력 안전과 주민보호조치에 대한 관심이 높아지면서 국제원자력안전기구(IAEA)에서도 주민보호조치에 대한 규정을 강화하였다. 이에 따라 나는 원자력 발전소에 사고가 났을 때 어떤 대피방법이 가장 효율적일지 연구하고 있었다. 이 부분이야말로 원자력 안전 전문가가 아닌 피난·대피를 연구하는 나의 분야이지 않을까? 자부심을 가지며, 한국원자력안전기술원의 과제 수행을 위한 제안서 작업에 집중하였다.

특히, 교통경찰의 통제지점을 어디로 선정할지가 쟁점

이었다. 수억 원의 국고를 받아 수행하는 국정 연구 과제이므로 제안자는 최선의 해결책을 내기 위한 노력을, 평가자는 꼼꼼히 전략을 확인하고 실제 실현 가능 여부를 고려해야 했다. 여기서 나는 피난대피의 우선순위를 교통약자에게 초점을 맞추는 전략을 세웠다. 물론 교통약자의 이동 속도가 느리고, 원거리 이동이 어렵거나 이동 자체가 어려운 경우가 대부분이기 때문에 우선순위가 되어야 하는 것은 당연하지만, 나의 전략은 이런 약자의 배려가 승용차 개별 피난을 최소화할 수 있기 때문에 차별화되었다.

방사능 사고 같은 국가적 재난으로 대규모 피난이 발생할 경우, 우리 모두가 승용차로 피난하려고 하면 도로가 막혀 대피에 실패할 것이다. 그래서 도보, 버스 등을 최대한 이용하여 피난을 시작하고, 꼭 필요한 사람에게만 차량을 이용하도록 유도해야 모두가 빨리 대피할 수 있다. 하지만 동일본대지진 당시 내가 후쿠시마 원전 주변의 피난자의 피난동선을 조사하면서 놀라운 사실을 발견하였다.

피난 명령이 떨어지면 50대, 60대, 70대 이상의 사람들은 즉시 대중교통과 버스를 이용해 대피하는 반면 20

대, 30대, 40대의 피난민은 자가용으로 대피하는 비율이 더 높았으며, 바로 대피하지도 않았다. 특히, 30대 여성의 자가용 이용률이 가장 높았는데, 피난 개시 시간은 상대적으로 늦는 것으로 분석됐다. 이는 포항에 지진이 발생했을 때 UNIST의 정지범 교수님과 함께 피난 행동을 조사했을 때의 연구 결과와도 일치한다.

30대 여성들이 승용차를 통한 대피를 가장 많이 선택한 이유는 무엇일까? 나는 그들의 동선을 조사하고는 감동할 수밖에 없었다. 그것은 그녀들에게 직접적인 부양가족이 제일 많았기 때문이었다. 학교·유치원에 아이들이 있고, 요양시설에 부모님이 계시기 때문에 피난 지시가 있었던 위급한 상황에도 대피하지 않고, 위험을 무릅쓰고 학교로 병원으로 달려간 것이다. 아주 아름답고 경이로운 상황이지만, 이들이 차량을 이용하면서 나머지 피난민들에겐 큰 부담이 되었다. 불필요한 통행 유발로 전체 피난 속도를 감소시킨 것이다. 즉, 20~40대의 비교적 건강한 연령대가 도보 또는 버스로 이동해야 하는데, 노약자들을 챙기느라 그러지 못해 피난 속도를 저해시키고 있었던 것이다.

그렇기 때문에 교통약자의 대피를 우선시하는 피난 전략 구상이 중요했다. 학생들은 선생님의 인솔하에, 요양병원에 있는 어르신들은 요양사의 보호 아래 기관별로 미리 대피를 해야 20~40대의 승용차 이용률을 현저히 떨어트릴 수 있을 것이다. 물론 이기적인 사람들은 자기 재산과 편리성 등을 생각해 승용차를 이용하려고 하겠지만, 이는 향후 교육과 홍보를 통해 보완해야 할 점이다.

이렇게 나는 장애인, 노인, 어린이 등의 교통약자를 먼저 대피시키고, 피난도로는 일방통행으로 바꾸어 도로 용량을 늘리며, 신호등의 청색신호를 피난 방향으로 정렬할 수 있도록 정비하는 아이디어를 내고 이번 제안서를 발표하였다. 다행히 반응은 나쁘지 않았다.

제안서 발표는 무사히 마쳤지만, 늘 아쉬움이 남는다. 내 의견이 잘 전달된 것일까? 혀가 꼬여 발음이 부정확했는가? 내용에 빈틈은 없었을까? 며칠 동안 결과를 기다려야 하는 상황에 제안서를 위해 노력해준 이상조 연구원과 기꺼이 달려와 도와준 많은 전문가들에게 고맙고 미안한 맘이 앞설 뿐이다. 역시 긴장되고 부담스럽지만 꼭 넘어야만 하는 산이 오늘도 있었다.

얼마 후, 우리 연구진은 다행히 제안서가 채택되어 "방사선비상시 교통통제 방법론 개발(2021)"을 수행하게 되었다.

현장에서 직접 듣고 배우며 쌓아온 내 작은 지식을 누군가의 귀한 생명을 지키는 데 쓰일 수 있도록 노력한 결과에 대한 보상이라고 생각하며 앞으로도 멈추지 않고 이 길을 걸어갈 것이다.

그게 연구의 길이든 그저 산책길이든 말이다.

많은 시련과 어려움 속에
오늘을 버텨가는 그대를 응원한다.


"오늘도 잘 해냈어요."

## 2020년 가을

나의 이야기는 여기까지지만, 처음부터 마지막까지 말하지 않은 비밀이 있다. 내가 왼손잡이라는 것과 20세기 음악을 정말 좋아한다는 것이다.

나는 왼쪽에 편마비가 발생했다. 그래서 원래도 악필이었던 것이 오른손으로 바꾸고 난 뒤에는 더욱 심한 악필이 되었다. 그래서 내 메모와 글씨를 남들에게 보여주지 않는다. 글씨 쓰는 모습만 보면 전과 달라 보이지 않는데, 그렇게 쓴 글씨가 너무 엉망이라 보이고 싶지 않았다. 책상에 오래 앉아만 있는 게 멋진 학자라는 생각은 이제 잘못됐다는 걸 알지만, 그래도 학자라면, 날카로운 펜 끝으로 유려한 글을 써 내려가고 싶은 로망이 다들 있지 않은가? 글씨를 잘 쓰기 위해 노력한다고 하는데도 아직 잘 되지 않는다.

음악을 좋아하는 마음은 거의 집착이 되었다. 내 몸의 절반은 감각이 둔해지고, 눈은 시야가 좁아졌으며, 혀는 마비가 다 안 풀려 자꾸 깨문다. 그래서 식사할 때마다 밥과 혀에 생긴 상처에서 나오는 피를 같이 삼키게 된다. 하지만 소리만큼은 사고 이전과 달라지지 않은 거의 유일한 감각기관이다. 대학 시절 듣던 90년대 음악을 들으면, 마치 예전으로 돌아간 것 같아 마음이 편하다.

예전으로 돌아갈 수 없다는 사실은 잘 알고 있다. 통증 치료를 위해 정기적으로 진료해주시는 신경정신과 오중근 선생님께서는 통증을 받아들여야 완화된다고 말씀해주셨다. 아마도, 통증만 받아들여야 하는 건 아닌 것 같다. 아프고, 힘들고, 난관에 부딪히면, 늘 옛 생각이 난다. 하지만 다시 마음을 부여잡는다. 나에게 삶은 과거가 아니라 미래이기 때문이다. 과거의 영광에 머물지 않고 지금의 나를 인정하고, 최선을 다해 한 걸음씩 내딛는 것이 내 삶의 방식이지 않은가? 나는 통증과 함께 '지금'을 받아들이기 위해서도 노력한다.

　사고로 큰 변화를 겪은 많은 이들이 있을 것이다. 아프고, 행동반경에도 변화가 생겼을 것이다. 가령 나는 지금도 찬바람이 불기 시작하면 통증이 더욱 심해진다. 하지만 받아들이자. 과거의 삶을 산다면 고인(古人)이 되는 것이고, 내일이 있는 삶을 산다면 자신의 이름으로 살 수 있지 않은가? 몸이 아파 힘들 때면 이런 생각을 한다. 만약 그날 사고가 안 나서 자신을 아끼지 않는 삶을 지속했더라면...? 그러니 하늘이 내게 의미 있는 시간을 보내라고 따끔한 주의를 준 것이라고 생각하곤 한다. 긍정의 힘으로 살아가면, 모든 것에 의미가 생기니까. 고통의 시간마저 값지게 보인다.

지난 4년, 열악한 상황 속에서도 누구보다 열심히 달리고 또 달려왔다. 모든 국민이 케이블카 등 궤도 시설을 안전하게 이용할 수 있도록 궤도안전법을 제정하기도 하고, 원자력 발전소 사고 발생 시 주민보호조치를 위한 대피 전략을 소개하여 울산광역시로부터 시장표창을 받기도 했다. 요즘 유행하는 빅데이터 분석을 통해, 국민의 재난 안전에 대한 요구와 의식에 대한 분석도 진행했다. 행정안전부로부터 장관표창을 받기도 하며 조금씩 쌓아온 노력의 결과물을 얻고 있다.

나는 지금도 안전과 재난에 관한 연구를 지속하고 있다. 특히, 세월호 사고 이후 안전의식에 대한 우리나라 사람들의 높아진 관심을 느낄 수 있었다. 더 이상 고속성장과 경제적 발전보다는 사람을 생각하는 "안전"에 관심이 높아진 것은 분명 긍정적인 변화임이 틀림없다. 그러나 대형 화재사고나 대형 교통사고는 지금도 끊임없이 많은 이들을 희생시키고 있다.

나 한 사람이 크고 작은 모든 사고를 막을 수는 없다. 게다가 현재 코로나19로 전 국민이 몸살을 앓고 있다. 2015년, 내가 뇌출혈로 병원에 입원해 있을 때도 메르스가 전국에 확산되면서 많은 사람이 고통을 겪었다. 그때도 내가 어찌할 수 없는 전염병의 출현이 야속하기만 했는데, 지금 다시 이런 상황이 발생하고 말았다.

나는 코로나19에 우리나라가 어떻게 대응하고 전략을 짜야 하는지에 대한 보고서를 발간했다. 이 보고서는 'K-방역'이라는 이름으로 외교부에 영문 버전이 공식적으로 등록되어 있다. 그러나 여전히 코로나19 사태는 끝나지 않고 있다. 이번 재난은 출구가 보이지 않는 것 같다.

이제는 비대면, 비접촉 대중교통과 시설, 개인교통수단(PM: Personal Mobility)에 관한 연구를 진행하고 있다. 전염병을 없애 줄 수는 없지만, 이런 내 적은 노력으로나마 속히 코로나 재난에서 온 국민이, 전 세계가 해방되는 데 도움이 되었으면 좋겠다.

아직도 많은 사람이 재난재해로 생명을 잃고 있으며, 특히 재난과 안전의 불평등으로 사회적 약자는 더욱 많이 희생되고 있다. 이 안타까운 현실을 조금이나마 개선하기 위해 오늘도 노력할 것이다.